LA DÉCIMA PISTA

LEO MASLÍAH

LA DÉCIMA PISTA

EDICIONES DE LA FLOR

Tapa: Patricia Jastrzebski

© 1995 *by* Ediciones de la Flor S.R.L.
Gorriti 3695, 1172 Buenos Aires Argentina
Queda hecho el depósito que dispone la ley 11.723

Impreso en Argentina
Printed in Argentina

ISBN 950-515-145-4

Nada de lo que hasta ahora ocurre me recuerda algo que ya supiera.

A. F. Molina
El león recién salido de la peluquería

Si no te acuerdas, como te ocurre con todo lo que ha sucedido después de transcurridos diez minutos, no importa.

P. G. Wodehouse
Heavy weather

1

Atención, torre "La Niña", solicito permiso para aterrizar —dijo el comandante, asiendo el micrófono de la radio como si fuera una manzana Granny Smith.

—Permiso denegado —la voz, filtrada en graves y agudos y desprovista de toda emotividad, articuló esas palabras en un tiempo mínimo.

—Qué sucede —dijo Queirós, el piloto.

—Nada —el comandante insistió: —atención, torre "La Niña", aquí comandante del vuelo quinientos uno procedente de Las Tejas, solicito permiso para aterrizar.

—Permiso denegado —la respuesta fue inmediata y pareció un calco exacto de la anterior.

—No comprendo —dijo el comandante—. La visibilidad es perfecta.

—Déjeme a mí —dijo Queirós, y arrebató el micrófono al comandante—. Atención, torre "La Niña", solicitamos permiso para aterrizar.

—Permiso denegado.

El comandante recuperó el micrófono.

—¿Podemos saber por qué? —preguntó de mal talante.

—Permiso denegado —la voz repitió las palabras, pero luego agregó:— esto es una grabación. Permiso denegado.

—Cómo, una grabación. Explíquese — exigió el comandante.

—Permiso denegado. Esto es una grabación. — las palabras sonaban cada vez más duras.

—¡Exijo hablar con el director del aeropuerto! Llámelo de inmediato o perderá su puesto!

—Es una grabación, idiota, ¿no entiende? —dijo Queirós, apoderándose nuevamente del micrófono—. Déjeme a mí, yo sé entendérmelas con esas máquinas contestadoras. Hola, hola, torre "La Niña", ¿me oye?

—Esto es una grabación. Permiso denegado.

—Tenemos más de doscientos pasajeros, torre "La Niña". No pueden hacernos esto.

Esta vez no hubo respuesta.

—¿Qué pasa? — dijo la jefa de azafatas, abriendo la puerta de la cabina —. ¿Por qué no bajamos? Ya anuncié el descenso a los pasajeros.

—Dígales que habrá una demora. Tenemos problemas.

—Nada grave, ¿verdad, comandante?

El le dirigió una mirada severa. Ella fue al cubículo de azafatas y por su micrófono anunció lo más amablemente posible la demora.

—Esto pasa siempre —dijo a su vecino de asiento un pasajero delgado y oblongo, que vestía un traje a cuadros color ámbar separados por rayas negras, pero que no se había quitado todavía la manta color café que la compañía aérea suministraba a los usuarios para un viaje más confortable. Su cabeza descansaba también todavía sobre la minúscula almohada cuya funda lucía el emblema de la compañía —. Yo hago este viaje cuatro veces por semana, y créame que...

—Que qué— su vecino era un hombre de edad mediana, algo corpulento aunque su estatura no era más de cincuenta o cincuenta y cinco centímetros superior a la de un pigmeo. Su camisa, su suéter y su pantalón, así como sus zapatos, estaban cortados más o menos a la moda occidental, pero su cabeza estaba cubierta por un turbante del color de las flores del jacarandá, aunque en algunos segmentos la tela tenía nítidos reflejos lila.

—Nada, perdone. Me olvidé de lo que le iba a decir —el hombre del traje ámbar miraba por la ventana, que tenía a su lado, con aire de cierta preocupación.

—¿Qué pasa, hay algo mal? —su vecino trató de mirar, también.

—No, no. Estaba mirando esas aves. Me sorprende que puedan volar tan alto.

—¿Cómo sabe a qué altura estamos?

—No puedo saberlo —el del traje ámbar sonrió con una mueca de vergüenza—. Tiene razón. Mis preocupaciones no tienen base.

—El área de un triángulo es base por altura sobre dos —dijo el otro—. Quizá si pudiéramos establecer cuál...

—No sea rebuscado —lo interrumpió el del traje ámbar—. Hay un camino más directo: preguntar a alguna de las azafatas.

—Sí —convino el otro—, pero ¿a cuál? ¿la rubia? ¿la morocha? ¿la de tez olivácea?

En ese momento la azafata jefa, con aire de

maestra rural, se plantó frente al pasillo central del avión y sin ayuda de ningún micrófono dijo:

—Señoras y señores pasajeros, vuelvo a disculparme en nombre de la compañía por la demora que tendremos antes de tocar tierra, pero la espera no será tediosa, ya que nuestro ilustre pasajero el profesor Anaximágnum se ofreció gentilmente para darnos una conceptuosa charla sobre instrucción sexual. Pensamos que quizá muchos de ustedes, luego de este viaje, se encontrarán con sus cónyuges a quienes probablemente no ven desde hace mucho tiempo, y la base teórica que establezca el profesor servirá para que esos reencuentros se produzcan conforme a las reglas que los expertos en la materia aconsejan.

—Ese tipo es un plomazo, yo lo conozco de un **viaje** que hice en barco, una vez —dijo en voz baja a **su vecino** el hombre del turbante.

El profesor Anaximágnum se puso de pie y dijo :

—Estaré encantado de dictar mi conferencia, aunque el tema mencionado por usted no sea precisamente mi especialidad. Como sea, por suerte tuve la precaución de traer mis notas en mi bolso de mano. Pero existe un problema, señorita Mercedes: debemos firmar antes un contrato. No creo que me corresponda brindar a una compañía aérea tan prestigiosa como ésta un servicio gratuito.

—Un momento. Voy a ver si hay formularios —dijo la jefa de azafatas, y desapareció tras una cortina azul.

El hombre del traje a cuadros acercó su boca a la zona del turbante de su vecino bajo la cual pensó que debía estar su oreja, y dijo :

—Espero que este obstáculo administrativo sea salvado. A mí la charla me interesa, ¿sabe? El del turbante le dirigió una mirada interrogativa.

—Sí, yo tengo un grave problema... sexual, y creo que necesito ayuda especializada —puntualizó el otro, y tratando de hablar a un volumen tal como para ser oído solamente por su vecino, explicó: —hace once años que estoy casado, señor...

—Simbad —dijo el del turbante—. Simbad Geigy.

—Señor Simbad Geigy —retomó el otro, a quien la urgencia que parecía tener por contar su problema hizo elevar el volumen de la voz—, como le decía, hace once años que me casé.

—¿Y?

—Y ocurre que... en los últimos tiempos no pude evitar sentir... una fuerte atracción hacia mi esposa.

—¿Eso le preocupa?

—Sí, porque no sé hasta cuándo voy a ser capaz de reprimir mis impulsos.

—¿Y está seguro de que debe... reprimirlos?

—¡Señor Simbad Geigy! —exclamó el hombre del traje a cuadros, desabrochándose el cinturón de seguridad y poniéndose de pie para mostrar su indignación—.¿Qué me está proponiendo, que mantenga relaciones con mi esposa?

—Si ésos son sus deseos, no veo por qué no.

—¿No ve por qué no? ¡Señor Geigy!

—Simbad —lo corrigió el del turbante—. Simbad Geigy.

—Señor Simbad Geigy: mi sentido de la moral me impide relacionarme sexualmente con mis parien-

15

tes. Y más cuando el parentesco es tan cercano. ¡Se trata de mi esposa, señor! ¡Vivimos bajo un mismo techo, comemos juntos, y hasta dormimos juntos! ¿Usted se permitiría... —el hombre del traje ámbar se interrumpió y, dando la impresión de encontrarse bajo los efectos de un shock emocional, volvió a sentarse—. Perdone —dijo—, pero el sólo pensarlo me abre una especie de... precipicio en la cabeza. Me imagino cayendo al vacío, en un pozo sin fondo.

En ese momento la jefa de azafatas abrió la puerta de la cabina del comandante.

—Perdón, ¿quedan formularios para contratos de prestación de servicios?

—No molestes, Merce —le contestó Queirós—, ahora no te podemos atender —y llevándose a la boca el micrófono de la radio, chilló: — ¡aló, aló, torre "La Niña", aquí vuelo quinientos uno, no pueden hacernos esto! ¡Nos quedan menos de veinte galones de combustible!

El comandante le arrebató el micrófono.

—¡Oiganme, orquesta de imbéciles, soy el comandante Dante y exijo que me asignen inmediatamente una pista!

—Permiso denegado —contestó una voz tranquila por los parlantes insertos en el tablero. La jefa de azafatas dejó la cabina y fue a su cubículo, desde donde dirigió a los pasajeros el siguiente mensaje:

—Damas y caballeros, en estos momentos estamos volando en círculos sobre nuestra escala final. Les recordamos que se entiende por círculo la más pequeña de las dos porciones en que una circunferencia divide a un plano.

—Entonces no estamos volando en círculos —dijo otra azafata, de tez olivácea, irrumpiendo en el cubículo.

—Bueno, en sentido estricto sí —la otra colgó el micrófono en una horquilla atornillada en el recubrimiento de cuero de la pared—. Hay muchos círculos en todas partes. Círculos no trazados, cierto, pero círculos al fin.

—Tu deber es explicar eso a los pasajeros, no a mí —dijo la de tez olivácea, y se fue a servir refrescos.

— Ah, qué bien —el profesor Anaximágnum recibió el vaso de plástico con una sonrisa de fosa nasal a fosa nasal—. Tenía la garganta reseca y estoy a punto de dar una conferencia.

—Temo que no —dijo otra azafata, de pelo castaño, que se acercaba al profesor con aire de profunda consternación—. Acabo de ser informada de que el personal jerárquico no puede atender en este momento sus reclamos económicos, por lo cual en vez de gozar de su conferencia, profesor, los pasajeros serán invitados a disfrutar de una exposición de cerámicas chinas que la compañía ofrece en el primer subsuelo.

Efectivamente, en ese momento se oyó por los parlantes la voz de la jefa de azafatas, exhortando al pasaje a bajar por las escaleras del fondo. El hombre del traje a cuadros se puso de pie.

—Si usted me disculpa —le contestó el del turbante—, yo no voy a bajar. No estoy en condiciones de concentrar mi atención en piezas de arte. Tenerme a mí como espectador sería para esos artistas como tirar margaritas a los chanchos.

—Pero los ceramistas no están ahí —dijo el otro—; probablemente murieron hace siglos.

—Bueno, pero yo le dije que no voy a ir, y punto —Simbad Geigy reclinó su asiento, cerró los ojos y enseguida se durmió; pero antes de que pasaran dos minutos un suave golpeteo sobre su hombro lo despertó. Al abrir los ojos, vio muy de cerca el mofletudo rostro del profesor Anaximágnum, que le dijo:

—Parece que somos los únicos que no nos interesamos por la cerámica china. ¿Le molesta si me siento con usted? Podría darle gratuitamente una sesión privada de instrucción sexual, siempre que usted se comprometiera a no revelar a terceros el *quid* de mis enseñanzas.

—Paso —respondió Simbad Geigy, y volvió a cerrar los ojos.

—Bueno, puede comentarlas en reuniones de amigos, si quiere —insistió el profesor—. Lo que no quisiera es, por ejemplo, encontrarme mañana o pasado en alguna revista un artículo donde mis ideas aparezcan firmadas por usted.

—Dije que no quería escucharlo, y punto —Simbad reabrió los ojos pero, para su sorpresa, no vio al profesor. Miró hacia el pasillo en las dos direcciones, pero tampoco allí lo vio. Se fijó en la fila de asientos de adelante y en la de atrás, con idéntico resultado.

—Acá estoy, si es que está interesado en verme —la voz del profesor permitió a Simbad localizarlo: estaba arriba, explayado contra el cielorraso del avión, de espaldas a éste—. Debería haberme asegurado el cinturón de seguridad —agregó—. Bien, dígame, ¿qué aspecto de su sexualidad le gustaría discutir conmigo?

—Ninguno. Quiero dormir, solamente —Simbad volvió a recostarse.

—Hmm, la política del avestruz —el profesor logró con el esfuerzo conjunto de sus brazos y sus piernas desprenderse del cielorraso y cayó al suelo de bruces. Simbad le puso un pie contra la espalda, tratando de impedir que se incorporara.

—Usted está gravemente bloqueado, amigo —dijo Anaximágnum, forcejeando inútilmente para levantarse—. Es imperativo que me permita adentrarme en su problemática. Primeramente dígame hacia qué sexo orienta sus preferencias, sin descartar que el otro pueda depararle alguna satisfacción ocasional.

—Cállese de una vez o voy a pisarle la cabeza —le espetó Simbad.

—Me parece que usted no tiene mucho sentido de la oportunidad, señor. Recuerde que le estoy ofreciendo una consulta gratis —al profesor no pareció afectarle la creciente presión del pie de Simbad contra su espalda—. Si ésta le resulta satisfactoria, entonces podemos llegar a un acuerdo para hacer... digamos... tres sesiones por semana. No tengo aquí conmigo mi agenda, pero creo que voy a asignarle los lunes, miércoles y viernes a las diecinueve y treinta. Ah, no, espere, los viernes no puedo. A esa hora atiendo a una niña, una niñita muy precoz. Es increíble. Todavía no cumple los ocho años y ya no se conforma con instrucción teórica; ella quiere sexo pleno, y hasta me pide a mí que se lo proporcione, ¿puede creerlo? Bueno, pero hablemos de lo suyo, querido amigo. Usted puede venir a verme con su pareja si lo desea, y si la tiene, por supuesto. Si no la tiene, yo puedo procurarle una. Sin ningún compromiso, claro. Es imposible saber de antemano si las cosas van a funcionar. Ahora que lo pienso, quién sabe si aquella niña no...

Simbad Geigy se sacó el turbante de la cabeza y con él amordazó al profesor. Luego, con una de las bolsitas de nylon que había en el bolsillo del asiento de adelante (para casos de vómito), le ató las manos a la espalda. Entonces se levantó y caminó por el pasillo hasta la cabina del comandante. La encontró vacía. A través del vidrio sólo se veían nubes. Y en el tablero varias luces verdes, rojas y azules se encendían y se apagaban a intervalos de tiempo irregulares. Simbad Geigy se arrellanó en el asiento del comandante y oprimió un botón que tenía el dibujo de una corchea. Pero en vez de música, los parlantes hicieron sonar una especie de metálica voz que dijo:

—Permiso denegado. Esto es una grabación. Permiso denegado. Esto es una grabación. Permiso denegado. Esto es una grabación. Permiso den...

Simbad volvió a oprimir el botón y la voz se calló. El accionó un interruptor de una hilera de cinco, todos iguales. No sucedió nada apreciable.

—Decididamente, no entiendo nada de aeronáutica —dijo Simbad en voz alta.

—Pida ayuda, entonces —esto fue dicho por la voz metálica de los parlantes.

—¿Qué?

—Si no sabe volar, tendrá que seguir mis instrucciones.

—Usted quién es —Simbad habló mirando alternativamente a uno y otro de los dos parlantes.

—Si usted cree en Dios, puede llamarme "Dios" contestó la voz—, pero si cree en el hombre entonces llámeme "El hombre". Si en cambio usted, pese a su edad, todavía cree en Papá Noel o en los Reyes Magos, llámeme "Papá Noel" o "Los Reyes Magos".

—Pero usted quién es —exigió saber Simbad.

—En el caso de que usted —siguió la voz sin acusar recibo de la exigencia— crea en la reencarnación, entonces será más adecuado que se dirija a mí llamándome "La Reencarnación". Esto no es muy común, lo sé. Hay mujeres (cada vez menos, pero las hay) que se llaman Encarnación, pero a ninguna, que yo sepa, la bautizaron Reencarnación.

—Pero... ¿usted es una mujer?

—Si fuera mujer, en todo caso, podría llamarme Reencarnación, pero nunca "La Reencarnación", ¿no le parece? A las mujeres no se les pone un nombre que esté precedido por un artículo determinado. Me refiero al nombre oficial, desde luego. Al que figura en su documento de identidad. Pero hay muchas a las que, en familia o entre amigos, les dicen "la Pocha", "la Mary", "la Charo". Pero el artículo se suprime cuando usted se dirige a ella. Mi caso es diferente. Usted puede llamarme directamente "La Reencarnación". Y si habla de mí con otras personas, entonces tendrá que repetir el artículo. Dirá "la La Reencarnación". Pero eso suena feo, no se lo recomiendo.

—¿Usted me está hablando desde alguna torre de algún aeropuerto?

—Además todo esto es inútil si usted no cree en

la reencarnación —siguió la voz sin alterar en lo más mínimo el curso ni el tono de su alocución por la pregunta de Simbad Geigy—. Y no lo culpo, de ser así. La reencarnación es un fenómeno de factura más que dudosa. Fíjese que desde las primeras moléculas dotadas de vida, desde los albores de la evolución hasta ahora, ha habido cada vez mayor cantidad de seres vivos. ¿Cómo una cantidad fija de almas pudo arreglárselas para cubrir esa demanda creciente? Además el concepto de alma implica el de individuo, y muchas especies no están organizadas de esa manera. Cuando un protozoario se divide en dos, ¿qué pasa con su alma? Porque el protozoario no murió; pero tampoco continúa siendo uno. En fin, la hipótesis del alma es tan absurda como la de la reencarnación. Sin embargo, "Alma" es un lindo nombre. Puede llamarme así, si quiere. "Alma", "Alma" …sí, decididamente, me quedo con ese nombre. A menos que usted prefiera dirigirse a mí bajo el apelativo de "Evolución", si no es de aquellos que creen que alguien dijo "hágase la luz" y la luz se hizo. Fíjese que, de haber sido así, el universo tendría que estar lleno de mierda por todas partes.

—Basta —dijo Simbad Geigy, y levantándose, salió de la cabina. Quería ir al baño, pero por error se metió en el cubículo de las azafatas.

—Ah, qué bien, mi amigo. Llega usted a tiempo para que yo pueda demostrarle cómo se toma a una mujer por la fuerza —dijo el profesor Anaximágnum. Estaba allí de pie, y con sus manos sujetaba los senos de la azafata de tez olivácea, que estaba arrodillada de espaldas a él, las manos y los pies amarrados con jirones del turbante de Simbad. Este se abalanzó sobre el profesor y lo empujó, haciéndolo caer al suelo cuan largo era. Enseguida se puso a desatar a la mujer. Pero el profesor se incorporó de un salto y Simbad Geigy apenas alcanzó a ver que una de sus delicadas aunque arrugadas manos asía por el pico una botella de jugo de naranja y se la partía a él en la cabeza.

2

Simbad Geigy abrió los ojos y sintió en su mejilla el contacto con la funda de la almohada, mojada por su propia saliva. Estaba en una cama que no era la suya. ¿Cómo había llegado allí? Era un salón grande, con dos hileras de veinticuatro camas cada una, y todas estaban ocupadas por personas que no se movían. Simbad Geigy recordó su viaje en avión. No recordaba haber bajado del avión.

—Usted está todavía en el avión —dijo entonces una voz. ¿Le habían leído el pensamiento? Simbad vio entrar en el salón a un hombre de unos sesenta años elegantemente vestido con un traje de color verde, que llevaba puesto un monóculo en cada ojo.

—¿Qué me pasó? ¿Qué es este lugar? —le preguntó Simbad, sentado en la cama.

—Esto es la enfermería del avión —dijo el otro, sentándose junto a Simbad—. No se preocupe, yo estoy acostumbrado a casos como el suyo. Usted se desmayó, ¿no es cierto? Pero descuide, eso es muy común. Sobre todo la primera vez que se vuela. Volar es una experiencia traumática. Tenga en cuenta que centenares de miles de millones de seres humanos soñaron con eso, a través de la prehistoria y de la historia.

Tanta ansiedad debe haber tenido alguna secuela a nivel de los genes.

—Me sorprende que este avión, aparentemente tan pequeño, esté equipado con una enfermería de estas dimensiones —dijo Simbad.

—¿Le sorprende? Eso es propio de ignorantes, señor. El hombre sabio no se sorprende ante nada. Pero no se atribule. Yo voy a hacer de usted un hombre sabio. Para empezar, voy a explicarle por qué razón toda compañía de aviación que se respete no puede dejar de tener una enfermería en cada una de sus unidades de vuelo. Volar, mi querido amigo, es una empresa muy arriesgada. Las compañías, para atraer clientes, inventaron esa mentirilla publicitaria según la cual el avión es el medio de transporte más seguro. Pero eso es caca de toro, mi amigo. Subir a un avión es meterse en la boca del lobo. La gente sufre accidentes de todo tipo. Algunos pierden un brazo, otros una pierna, otros quedan paralíticos, en fin, usted la sacó barata, compadre: solamente se desmayó. Eso no es nada. En pocos días va a estar en condiciones de volver a ocupar su asiento. Usted estaba en el sector de no fumadores, ¿verdad? Yo voy a hablar con el cuerpo de azafatas, para que se ocupen de cuidar que nadie le robe el asiento. A veces hay pasajeros que se hacen los vivos.

—Señor —dijo Simbad Geigy, observando la quietud y la excesiva palidez de los ocupantes de las otras camas—. Esa gente está... está...

—Muerta —dijo el otro—. Sí, señor. Esa gente está muerta. Pero prefiero que no me llame señor. Yo soy doctor. Si en algún momento duda de eso, puedo mostrarle mi diploma. Cursé y aprobé el posgrado de necrología. Con usted estoy haciendo una excepción, ya que mi trabajo es atender a los muertos. En los aviones, eso es lo que más se ve.

—Escuche, doctor —Simbad se levantó y se puso de pie —No puedo quedarme acá varios días, como usted me pide. Además ningún viaje de avión puede durar tanto.

—No crea —el doctor también se puso de pie y cerró a Simbad el paso que había entre su cama y la de al lado—. Muchas veces se producen irregularidades atmosféricas que impiden el cumplimiento de los horarios estipulados por las compañías. Eso puede llegar a ser muy fastidioso para muchos pasajeros, como por ejemplo para un hombre de negocios que tiene que llegar a Nueva York antes de que cierren las operaciones bursátiles del día, o mismo para un simple obrero de una fábrica, que tiene que llegar a tiempo al trabajo para marcar su tarjeta, ya que por cada minuto tarde que llegue le será descontado un porcentaje de su jornal. Pero para mis propósitos, señor Geigy...

—Simbad —lo interrumpió Simbad Geigy—. Simbad Geigy.

—Sí, Simbad Geigy. Para mis propósitos, señor Simbad...

—Geigy —lo volvió a interrumpir Simbad—. Simbad Geigy.

—Sí, era lo que estaba a punto de decirle. Para mis propósitos, señor Simbad Geigy, muchas veces esas demoras son beneficiosas. Las heridas de las personas muertas no cicatrizan con la misma rapidez que las de las personas vivas. Y no le hablo sólo de las heridas. Esté seguro, mi amigo, que si usted estuviera muerto, me habría sido mucho más difícil lograr que recobrara el conocimiento. Mírese. No hace ni doce horas que se desmayó, y ya está en pie como un potro salvaje, rebosante de salud y energía.

—Entonces voy a pedirle que se haga a un lado y me permita salir de aquí.

—Me temo que eso no va a ser posible.

—Por qué. ¿No dijo que estoy rebosante de salud?

—Sí, señor, pero eso no es nada bueno. Todos los excesos son perjudiciales. Usted rebosa salud y energía. Eso quiere decir que las tiene en demasía, si no no rebosarían. Usted está sufriendo una pérdida, mi amigo. Un escape. Puede graficárselo como un escape de gas —el doctor ilustró sus palabras expeliendo un sonoro pedo.

—Pero... es que preferiría convalecer allá arriba, en mi asiento.

—Su asiento no está arriba, sino abajo. Dos pisos más abajo.

—Bueno, déjeme ir.

—No, señor. Haga el favor de volver a acostarse, o todo lo que le dije habrá sido en vano —el doctor se puso a alisar las sábanas, como para tentar a Simbad con un lugar confortable desde donde obedecer su orden. Este, no queriendo entender razones, saltó por sobre la cama donde había estado acostado y llegó al estrecho pasillo que separaba las dos hileras de camas. Desde allí corrió hasta la puerta de uno de los extremos del salón, la abrió y rápidamente la cerró tras de sí. La puerta no daba a otra habitación, sino a una escalera-caracol. Simbad Geigy subió por ella a la máxima velocidad que su constitución le permitió. Se topó con una de las azafatas; aparentemente, estaba en el cubículo que ellas utilizaban para servir la bebida y preparar la comida para los pasajeros. La muchacha (no debía tener más de veintiocho o treinta años) estaba llenando una cantidad de vasos de plástico con jugo de naranja, y los ponía en una bandeja.

—Qué ocurre, señor, ¿se perdió? —le dijo con simpatía—. ¿Quiere que lo acompañe a su asiento?

—Déme un poco de ese jugo, por favor —le pidió él—. Estoy muerto de sed.

—Tenga —ella le dio uno de los vasos, lleno solamente en dos tercios de su capacidad—. Aunque me veo obligada a hacerle una corrección, señor. La palabra correcta para designar el contenido de ese vaso es "zumo", no "jugo".

—En algunos países —precisó Simbad Geigy —. En otros, lo correcto es decir "jugo".

—No, señor. Quienes dicen eso son repugnantes mutantes del idioma. Si estuviera a mi alcance, yo dispararía contra ellos misil tras misil, hasta que entraran en razón.

Simbad tomó de la bandeja otro vaso con jugo y le arrojó a la azafata su contenido a la cara. Enseguida salió del cubículo y se encontró en el espacio principal del avión. Todos los pasajeros parecían estar en sus asientos. El se acercó a su fila con intenciones de ocupar el suyo, pero vio que una mujer se lo había acaparado. Era una anciana flaca y decrépita, que portaba lentes que aumentaban cinco veces el tamaño de sus ojos .

—Perdone, señora, pero ése es mi asiento. La anciana miró a Simbad con una expresión de solidaridad hacia los pobres que nada tenía que ver con la situación, y dijo :

—Mire, joven: existe en la jurisprudencia de mi país una vieja tradición según la cual el ocupante de un terreno, de una casa, o de lo que cuernos sea, después de cierto tiempo, es declarado propietario.

—Eso no puede aplicarse a este caso, señora. Sea razonable —dijo Simbad, tirando del vestido de la anciana. Pero ella tenía puesto el cinturón de seguridad, y no se movió.

—¿Cómo permitió usted que esta mujer se sentara en mi lugar? —preguntó Simbad al hombre del traje a cuadros de color ámbar, que ocupaba el asiento contiguo a la ventana.

—La conocí mientras visitaba la exposición de cerámica —contestó él—. Si usted es amable con ella, comprobará que es una viejecita muy simpática.

Simbad regresó al cubículo de las azafatas, buscando a alguien ante quien elevar una protesta. La jefa de azafatas estaba allí, pero le dijo que no podía atenderlo en ese momento debido a un asunto de real importancia que tenía en jaque a la tripulación, y saliendo ella del cubículo, se metió en la cabina del comandante.

—Perdón, señores, ¿puedo anunciar a los pasajeros el descenso? —preguntó.

—Un momento, Mercedes —le dijo el comandante, y asió el micrófono de la radio como si fuera una manzana del tipo "Deliciosa"—. Atención, torre "La Niña", solicito permiso para aterrizar.

—Permiso denegado —la voz, filtrada en graves y agudos y desprovista de toda emotividad, articuló esas palabras en un tiempo mínimo.

—Qué sucede —dijo Queirós, el piloto.

—Nada —el comandante insistió:— atención, torre "La Niña", aquí comandante del vuelo quinientos uno procedente de Las Tejas, solicito permiso para aterrizar.

—Permiso denegado —la respuesta fue inmediata y pareció un calco exacto de la anterior.

—No comprendo —dijo el comandante—. La visibilidad es perfecta.

—Déjeme a mí —dijo Queirós, y arrebató el micrófono al comandante—. Atención, torre "La Niña", solicitamos permiso para aterrizar.

—Permiso denegado.

El comandante recuperó el micrófono y le aplicó un feroz mordisco, que le costó tres dientes pero le hizo ganar no menos de cien gramos de hierro, aluminio, cobre y zinc, amén de cantidades pequeñas de varias sustancias orgánicas.

—¿Qué pasa? —dijo la jefa de azafatas, abriendo la puerta de la cabina—. ¿Por qué no nos permiten bajar?

El comandante le dirigió una mirada desesperanzada. Queirós agarró lo que quedaba del micrófono y ladró:

—¡Torre "La Niña"! ¡Torre "La Niña"! ¡Asígnennos de inmediato una pista o bajaremos en picada hacia ustedes, manga de culorrotos!

—Aló, aló, aquí torre "La Niña" —dijo entonces por los parlantes del tablero una voz que pareció la de un afable señor mayor —. ¿Qué sucede? ¿Cuál es el problema?

El comandante quitó a Queirós el micrófono y dijo:

—No hay ningún problema. Queremos aterrizar, nada más. Dígame cual es la pista.

—Aló, aló, aquí torre "La Niña" —repitió la voz, pero agregó: —esto es una grabación...— ¿Qué sucede? ¿Cuál es el problema? Aló, aló, aquí torre "La Niña". ¿Qué sucede?

—Esto no nos conduce a ninguna parte —dijo Queirós—. Yo creo que debemos aterrizar, con o sin autorización.

—¡Esperen! —dijo la jefa de azafatas—. Ustedes están hablando de poner en peligro la vida de los pasajeros.

—Si no aterrizamos, morirán sin remedio —el comandante se sacó de una muela un trocito de alambre que le había estado molestando.

—¿Y si sometiéramos el tema a votación?

—No creo que sea lo adecuado —opinó Queirós—. Esa gente depositó su confianza en nosotros, y creo que nosotros debemos decidir qué hacer. Los pasajeros no disponen de conocimientos que les permitan un sufragio consciente y militante.

—Entonces limitemos la votación a los tripulantes —propuso la azafata.

El comandante estuvo de acuerdo. Ella corrió al cubículo y desde allí llamó por el micrófono a sus compañeras, que eran dos. Una era rubia, maciza, bien formada y su cabello era negro como los teléfonos antiguos. La otra tenia la tez olivácea y sufría de malformaciones congénitas que no eran visibles pero que la obligaban a respirar por la boca y a comer por la nariz.

Esta última fue interceptada por Simbad Geigy cuando iba camino a la reunión.

—No quedan asientos libres —le dijo él— y una viejita muy testaruda se sentó en el mío. ¿Puede sacarla?

—Permítame su boleto —le pidió ella, y cuando él se lo dio, dijo: —este boleto es de clase A. Es válido para cualquier asiento.

—Sí, pero ninguno está desocupado.

—Está bien. Muéstreme a la vieja.

Simbad la condujo hasta su fila.

—Señora, haga el bien de levantarse. Este asiento fue adjudicado al señor —dijo ella a la anciana.

—Perdone, señorita —intervino el hombre del traje ámbar—, pero la señora es mi madre, y quisiéramos sentarnos juntos. ¿No se puede arreglar esto de otra forma?

—Sí... Está bien —condescendió la azafata, y llevando aparte a Simbad, le pidió un poco de consideración.

—Ese hombre miente —respondió él—. Conoció a la mujer en una exposición de cerámica.

—¿En una qué? —exclamó ella extremando la entonación interrogativa, como si Simbad Geigy le hubiese estado hablando en chino.

—Escuche —le dijo él, tomándola por la parte del *blazer* que lucía el emblema de la compañía—. Usted debe asignarme un asiento. En los aviones nadie viaja de pie.

—Veré qué puedo hacer. Espéreme aquí un momento, por favor.

Simbad la soltó y ella se alejó por el pasillo. Intercambió unas palabras con los pasajeros de las primeras filas, y enseguida regresó.

—Tuvo suerte —dijo a Simbad—. Sígame. Hay un caballero que accedió a compartir su asiento con usted, por turnos de media hora.

Simbad vio entonces que el ofrecimiento provenía del profesor Anaximágnum, cuya cabeza emergía de una de las primeras filas de asientos, y que con los dedos de una mano lo estaba saludando.

—No, gracias —Simbad dio la espalda a la azafata y al profesor.

—Entonces andá a cagar —le dijo ella, y se fue.

Simbad marchó resueltamente hasta su fila y sin previo aviso se sentó sobre la anciana, que lanzó al momento un balido hondo y quejumbroso. El hombre del traje color ámbar iba a reprender a Simbad por su actitud, cuando la jefa de azafatas, con aire de maestra rural, se plantó frente al pasillo central del avión y sin ayuda de ningún micrófono dijo:

—Señoras y señores pasajeros, tengo que disculparme en nombre de la compañía por una pequeña demora que tendremos antes de tocar tierra, pero el comandante ha tenido la buena idea de sugerir que, en vez de ponerse a blasfemar y a pensar en el tiempo que van a perder, los pasajeros aprovechen este momento para conocerse mejor unos a otros. Si lo hacen, comprenderán que el verdadero tesoro no está en las cotizaciones de la bolsa de Moscú o de Asunción del Paraguay, sino en el ser humano que, por encontrarse completo este avión, todos tienen al lado.

Muchos pasajeros miraron a sus vecinos primero con cierta desconfianza no exenta de una buena dosis de curiosidad, para luego rozar con esa mirada el límite del instinto gregario. Simbad Geigy salió de encima de la anciana y la miró, principalmente para ver de qué forma ella lo miraba. En cuanto a esto, él tuvo por fuerza que decepcionarse, porque ella no lo estaba mirando ni lo miró. Pero el acto de mirarla deparó a Simbad Geigy una sorpresa completamente fuera de programa : la mujer parecía más joven. Pero, como bien pronto comprendió él apenas reflexionó un instante en el asunto, la mujer en realidad no había rejuvenecido en absoluto sino que, al contrario, había envejecido. Su edad se había incrementado en la misma cantidad que la de él y la de todos los demás pasajeros y tripulantes del avión. Quizá simplemente, pensó Simbad Geigy, se trataba de que la persona humana, al envejecer, no sufre un deterioro corporal absolutamente lineal, sino que el proceso tiene momentos de avance y momentos de retroceso. Tanto te aparece una arruga por acá, como se te cae una verruga de allá; tanto se te encorva la columna vertebral; como de pronto se te yergue el peroné; tanto se te caen cuatro o cinco pelos de la cabeza, como te crecen otros tantos cerca del culo; tanto te deja de funcionar el hígado, como se te pone a bailar la danza de los siete velos el páncreas; tanto se te empieza a mojar de orina la ropa interior, como se te coagula sola la sangre en las venas; y al mismo tiempo que te vas acercando al máximo umbral de la sabiduría, empezás a volverte gagá, a chochear y a expresarte solamente por medio de preposiciones, adverbios, artículos, conjunciones y desinencias privadas de raíz.

3

—**A**tención. Torre "La Niña", esta es su última oportunidad —dijo el comandante—: solicito permiso para aterrizar.

—Permiso denegado —contestó una voz metálica, áspera y desprovista de toda emoción.

—Está bien, ustedes lo quisieron —el comandante transformó su cara en una especie de máscara barata de carnaval—, vamos a hacerlos puré. Si hemos de morir, los llevaremos con nosotros. Queirós, tuerza el rumbo hacia la torre. Ya.

—¡Pero comandante Dante! ¡La tripulación votó otra cosa! ¿Recuerda?

—Haga lo que le digo, Queirós, o lo voy a dar de baja. Puedo notificar eso a nuestra base antes de que nos estrellemos, para que su esposa no llegue jamás a cobrar ninguna pensión.

La puerta de la cabina se abrió en ese momento y entró la jefa de azafatas.

—Comandante, ¿no podríamos retrasar el amerizaje unos minutos? —dijo—. Tenemos una escena realmente tierna entre los pasajeros: están conversando amigablemente unos con otros, se están conociendo, están intimando. Me atrevería a aventurar que de este viaje saldrán algunas nuevas parejitas.

—Mercedes —le contestó Queirós —, hay un problema: el comandante no quiere acatar lo que se votó. Se niega a amerizar.

—¿Qué?!

—Sí —dijo el comandante—. Esa es la verdad. Nunca fui lo que se pueda llamar un demócrata.

Mercedes se acercó a su superior y, con los ojos desorbitados por la cólera, le dio una precisa bofetada de revés. Dante quedó perplejo e inmóvil por unos instantes, pero cuando el ardor empezó a hacerse sentir en su mejilla, se levantó de un salto, rodeó a Mercedes con sus dos brazos y le dio un largo beso, durante el cual le tocó con la lengua no menos de dieciséis piezas dentarias.

—Esta era una de las cosas que yo siempre quise hacer antes de morir —dijo luego, separando sus labios de los de la azafata, pero sin soltarla.

Ella deslizó una de sus manos entre la parte delantera del pantalón y el cuerpo del comandante, hasta llegar a palpar sus órganos genitales.

—Y yo siempre tuve curiosidad por saber qué había acá adentro —dijo, con un aire inocente que delató la más perfecta sinceridad.

—Creo que estoy de más —dijo Queirós, y sin que los otros le concedieran la menor atención, salió de la cabina, para meterse en el cubículo de las azafatas.

—¡Deisy! — gritó de pronto —. ¡Qué estás haciendo!

Deisy, la azafata de tez olivácea, tenía en las manos un vaso con jugo de naranja, pero en vez de beber este líquido, lo estaba aspirando por la nariz. Al verse sorprendida, suspendió la operación.

— N...nada — dijo, titubeante —. Sólo estaba... oliendo este jugo. Tengo la impresión de que está un poco pasado.

—¿Estás segura? Yo tuve la impresión de que... en lugar de consumir el jugo como el alimento que es, lo estabas consumiendo como... droga.

—Estás equivocado. Completamente —la mano que sostenía el vaso se puso a temblar.

—¿Sí? ¿Entonces por qué estás tan nerviosa? —Queirós avanzó sobre la azafata. Ella le arrojó súbitamente el jugo de naranja a la cara, lo empujo y salió del cubículo, poniéndose a correr por el pasillo que dividía los asientos de los pasajeros. Pero, para su sorpresa, todos los asientos estaban desocupados. Sin detenerse a reflexionar sobre esto, ella llegó hasta el fondo del pasillo y descendió por la escalera que conducía al salón de exposiciones. Pero asustada por la eventualidad de que Queirós la estuviera persiguiendo para vengarse, descendió varios tramos más, hasta que se encontró corriendo en una gran sala con piso de parqué, limitada por paredes blancas que parecían recién pintadas, y desprovista de todo mobiliario. Tampoco tenía ventanas. Deisy se sentó sobre el parqué, recostando su espalda contra una de las paredes, con la intención de descansar un momento. No había nadie en la sala, y reinaba en ella un silencio entre sepulcral y paradisíaco, sólo turbado por el tronar de los dieciséis motores del avión. Pero Deisy pudo oír en cierto momento, claramente destacado por sobre ese escándalo continuo al que sus oídos se habían más que acostumbrado, las reverberaciones de un sonido corto y áspero que se producía a intervalos de tiempo regulares, y en cada edición con un pelín más de intensidad que en la anterior. Identificó esto como los pasos de Queirós que venía llegando por la escalera y nuevamente se echó a correr, pero la pared del fondo de la sala no tenía puerta y debió por fuerza detenerse allí. Pero cuando miró hacia atrás, comprobó con alivio que se había equivocado: había un hombre, sí, pero no era Queirós Era uno de los pasajeros, hombre de unos noventa y cinco años, delgado (aunque mofletudo), rubio, muy alto y un poco encorvado, pero no hacia adelante, sino hacia atrás. Era el mismo que minutos antes se había ofrecido para amenizar la demora en el aterrizaje con una charla sobre instrucción sexual. Deisy se puso contenta, no sólo por el alivio de no verse perseguida por Queirós, superior jerárquico a quien debía obediencia, sino principalmente por encontrarse frente a un simple pasajero, que debido a esa condición tenía mucho menos autoridad que ella en el avión, y que por ende le debía obediencia. Pero el pasajero, desconociendo totalmente cuál era su lugar en este escalafón, acercándose a Deisy, le dijo :

—Tenga a bien desnudarse, señorita. Voy a poseerla sexualmente.

—Usted no va a poseer nada —le respondió ella, con entonación de entrenadora de perros—. Vuelva inmediatamente a su asiento y abróchese el cinturón de seguridad.

—El culo, te voy a abrochar, a vos —el pasajero estaba ahora a menos de cinco metros de Deisy—. Dale, sacate todo.

40

—Usted se está olvidando de quien es la autoridad aquí —dijo ella, y empezó a deslizarse sutilmente hacia una de las paredes laterales; más exactamente, hacia la pared opuesta a aquella contra la que antes se había recostado para descansar.

—La autoridad soy yo —aseveró firmemente el pasajero—. Soy una autoridad en materia de sexo y por eso tú, como todos, debes obedecerme.

Deisy trató de escabullirse y ganar la escalera, pero el pasajero le cortó el escape y ella, al frenarse, chocó de pecho contra la pared, que para su salvación resultó no ser tal, sino una mampara de madera compensada mal apuntalada por unos delgados tirantes que, vencidos por el impacto, se quebraron. La mampara cayó, dejando ver a Deisy que la sala pintada de blanco no era sino una pequeña parte de una especie de galpón mucho más espacioso, lleno de enormes cajas conteniendo piezas de repuesto para los motores y otras con mercadería de exportación. También había en algunas partes del galpón estructuras de andamios y montículos de arena y de cemento portland, pero no se veía a nadie trabajando con eso. Al fondo del galpón, Deisy entrevió una angosta escalera en forma de caracol, y se lanzó hacia allí, perseguida por el mofletudo pasajero que en la corrida logró rozarle una nalga. Cuando ella empezó a trepar la escalera, El le agarró un tobillo. Ella consiguió pegarle con el taco del zapato en uno de los mofletes y él debió soltarla, pero la alcanzó nuevamente cuando le faltaban sólo tres peldaños para llegar al fin de la escalera, que desembocaba en el cubículo de las azafatas. El individuo descargó todo su peso sobre ella, que quedó con parte

41

del cuerpo y la cabeza tendidos sobre el piso del cubículo, y con parte de las piernas todavía entre el primero y el segundo peldaño de la escalera. El, con unos pocos golpes, logró que ella dejara de oponerle resistencia y, desnudándola completamente, le ató las manos y los pies con un trozo de tela de color lila que guardaba en un bolsillo. Y se disponía a violarla, cuando un aguafiestas con cara de estúpido abrió la puerta del cubículo. Era otro de los pasajeros, de edad mediana, algo corpulento aunque su estatura no debía ser más de treinta o cuarenta centímetros superior a la de un bosquimano.

—Ah, qué bien, mi amigo —dijo el de los mofletes—. Llega usted a tiempo para que yo pueda demostrarle cómo se toma a una mujer por la fuerza.

Pero el otro, al parecer poco interesado en el espectáculo, se abalanzó sobre él y lo empujó, haciéndolo caer al suelo cuan largo era. Enseguida se puso a desatar a la azafata. El de los mofletes, mientras tanto, asió por el pico una botella de jugo de naranja que había sobre una repisa, y se la partió al otro en la cabeza, cortándole la vena heroica. Borbotones de sangre inundaron el piso del cubículo.

—Mire lo que hizo, idiota —dijo la azafata—. Ahora quién va a limpiar esto. ¿Usted?

En eso Mercedes, la jefa de azafatas, entró al cubículo.

—Qué está pasando acá.

—Hubo un accidente —dijo el pasajero mofletudo—. Consiga un médico.

Mercedes descolgó el micrófono de la horquilla atornillada en el recubrimiento de cuero de la pared, e

42

improvisó un desgarrador alegato dirigido a los pasajeros, exhortando a que si había un médico entre ellos, se presentara cuanto antes en el cubículo. No tardó en acudir un voluntario. Era una mujer de unos treinta y seis años, vestida con un ajustado *tailleur beige*, y que lograba retener sobre su cabeza una descomunal cantidad de negros cabellos gracias a la precisa colocación de una peineta.

—Soy la doctora Sagardúa. ¿Qué ocurre?

—Es este hombre —dijo Deisy, inclinándose sobre el cuerpo inconsciente del pasajero que había intentado socorrerla—. Está perdiendo mucha sangre.

—Ya veo —la doctora Sagardúa recogió unos jirones de tela lila que vio en el piso, y los usó para hacer un torniquete en la cabeza del accidentado—. Escuche, hay un detalle administrativo que debemos arreglar —dijo a Mercedes—. Yo no tengo inconveniente en atender a este señor, pero creo que de algún modo eso implica prestar un servicio a esta compañía y... bueno, no estoy del todo segura de que eso tenga que ser... gratis.

Deisy se había inclinado sobre el cuerpo inconsciente de su salvador hasta quedar casi enteramente acostada sobre él, y como acto de agradecimiento a su heroísmo, se había puesto a lamer la sangre del piso.

—Está bien —dijo Mercedes a la doctora—. Voy a ver si hay formularios.

Salió del cubículo y entró en la cabina del comandante. Pero, para su sorpresa, no se encontraban allí ni éste ni Queirós, el piloto. En el tablero varias luces verdes y rojiazules se encendían y se apagaban a intervalos de tiempo irregulares. Mercedes se sentó en el sitio del comandante y abrió un cajón que había debajo del tablero, pero en su agitación oprimió sin quererlo un botón que tenía el dibujo de una corchea. Enseguida los parlantes hicieron sonar una especie de metálica voz que dijo :

—Ahí no están.

—Quién habló —Mercedes, sobresaltada, se puso de pie.

—Yo —esta vez Mercedes no tuvo dudas de que la voz provenía de los parlantes.

—Y usted quién es —preguntó.

—Si tú crees en Dios, Merceditas, puedes llamarme "Dios" —contestó la voz—, pero si crees en las instituciones democráticas entonces llámame "Instituciones Democráticas".

—Pero usted quién es, ¿un demiurgo? — insistió Mercedes.

—En el caso de que tú —siguió la voz sin dar cuenta de la pregunta— creas en la reencarnación, entonces será más adecuado que te dirijas a mí llamándome "La Reencarnación". Esto no es muy común, lo sé. Lo que sí se ve de tanto en tanto es que hay mujeres (cada vez menos, pero las hay) que se llaman Encarnación. Tú eres mujer. ¿No te llamas por casualidad Encarnación?

—N... no —contestó Mercedes, y pese a seguir sintiendo un cierto temor por el ente con el que estaba hablando, se vio impulsada a rendir cuentas ante él, como un soldado que se identifica ante su sargento, o ante el sargento de otro batallón, que no lo conoce—. Yo me llamo... Mercedes. Mercedes Nario.

—Pues mucho gusto, señorita Nario—. Mientras

la voz decía esto, Mercedes vio con estupor como el micrófono de la radio, suspendido en el aire, se acercaba a su mano para estrecharla. En ese momento entró a la cabina Queirós, el piloto.

—Qué pasa, Mercedes —dijo—, ¿te crees que la radio es para jugar?

Mercedes trató de deshacerse del micrófono pero éste, movido por una fuerza desconocida, se mantenía adherido a su mano.

—Te ordeno que sueltes eso —dijo Queirós—. Estás cometiendo una falta grave, Mercedes. No estás facultada para usar ese aparato.

—Fue sin querer —se excusó ella, y extendió su mano hacia su superior, para que él le quitara el micrófono. Queirós pudo hacerlo, pero luego de varios segundos de forcejeo, que él interpretó erróneamente como resistencia de Mercedes a entregar el artefacto.

—Deberías estar cuidando a tus subalternas, en vez de tomar los instrumentos del avión para la chacota —la reprendió entonces—. ¿Sabías que una de ellas adquirió el hábito de drogarse?

—¿Drogarse? Decime quién. Voy a despedirla ahora mismo.

—Se dice el pecado y no el pecador —dijo Queirós, que parecía contento de tener una nueva falta que reprochar a Mercedes.

—Entonces voy a tener que emprender una investigación —dijo ella, y como disponiéndose a cumplir ese cometido, intentó salir de la cabina. Pero Queirós la detuvo, rodeándola con sus brazos.

—Hoy vi que te besabas con el comandante —le dijo—. ¿Qué tal si lo hicieras conmigo, también?

45

—Yo no beso a nadie que tenga un rango inferior al de comandante —contestó ella, pero como para impedir el beso mantenía fuertemente apretados los labios uno contra otro, Queirós no pudo entender una sola palabra de la frase.

La puerta de la cabina se abrió y entró Deisy. Tenía puesto su uniforme.

—¿Qué pasa? —dijo, enérgica—. La doctora Sagardúa está esperando su dinero.

Mercedes se desprendió de Queirós y dijo :

—Dinero no tendrá. Yo sólo estoy autorizada para firmar un contrato de trabajo por el cual ella podrá cobrar luego, en tierra, en las oficinas de la compañía. Pero no puedo encontrar los formularios de los contratos.

—Los formularios están en el depósito —dijo Queirós.

Deisy salió de la cabina, atravesó la cortina azul y corrió por el pasillo que separaba los asientos de los pasajeros. Muchos trataron de interceptarla para pedirle un *whisky on the rocks,* o un jugo de guayaba, o pickles, pero ella los ignoró y llegó a la escalera del fondo. Subió dos pisos y se detuvo para intentar regularizar su ritmo respiratorio. Entonces vio que desde el piso superior, por la escalera, venía bajando un individuo delgado y oblongo, que vestía un traje a cuadros color ámbar separados por rayas negras, pero que tenía sobre esa ropa la manta color café que la compañía aérea suministraba a sus pasajeros para un viaje más confortable.

—Perdone —dijo él, notando la presencia de Deisy—, me informaron de una exposición de cerámica, por acá. ¿Usted no sabe dónde es?

—Creo que usted está equivocado, señor —le respondió ella—. Esto es un avión. Acá no se organizan exposiciones de cerámica. Debe buscar en otra parte.

—Quizá tenga que conformarme entonces con observarla a usted, señorita —dijo el hombre, sentándose en un escalón y utilizando otros cuatro como respaldo—. Debo decirle que quien la moldeó hizo un excelente trabajo.

—¿Usted se refiere a mis padres, o a Dios?

—Puede llamarlo Dios, si eso le complace. Pero yo no soy creyente.

—Entonces debería haber optado por mis padres, como moldeadores de mi persona. No entiendo qué quiere decir con eso de "puede llamarlo Dios". No estamos hablando de nombres, estamos hablando de...

—De qué —inquirió el hombre, envolviéndose lo más posible en la manta, como si hubiese tenido mucho frío.

—De cosas —contestó ella, entonando su respuesta como si hubiese sido la más vergonzosa de las confesiones.

—Ahí está su error —dijo él, componiendo una sonrisa de suficiencia—. Su ontología es demasiado banal. La naturaleza divina, por propia definición, es diferente de las otras, y por lo tanto no admite el mismo tipo de relación nombre-objeto que las demás clases de entes. De ahí que los antiguos hebreos dieran tanta importancia al tema de los nombres de Dios, y que en torno a éstos se tejieran tantas intrigas.

—Es una ironía que usted, que no es creyente, me esté diciendo todo eso a mí, que lo soy.

—No, usted no lo es. Su concepto de Dios es demasiado pobre; comporta una ontología igual a la de los objetos con los que usted está acostumbrada a tratar. Eso no es un dios, señorita: eso es una triste y ridícula parodia, comparable al becerro de oro que adoraban los necios en tiempos de Moisés. Yo, como ya le dije, no creo en Dios. Pero si creyera, o aún más, si yo FUERA Dios, entonces me ofendería el marco tan vulgar en el que usted pretende encuadrarme.

—No sea tan modesto, por favor —se burló Deisy.

—Aunque usted me lo diga con sorna, señorita, yo voy a hacerle caso. No voy a ser modesto. Dios predica la humildad, pero no la practica: él es el ser más soberbio y pedante que se pueda concebir. Llega al extremo de exigir a los demás que le rindan culto. Yo, modestia aparte (como ya establecí), no me creo tanto. Fíjese que, si no creo en Dios, menos voy a creer en mí, que no soy nada.

Dicho esto, el individuo desapareció. Lisa y llanamente dejó de estar allí. Deisy no se dio cuenta de la magnitud del hecho; no comprendió hasta qué punto había presenciado algo que estaba mucho más allá de los límites que reglamentaban su experiencia cotidiana. Y si esto le pasó desapercibido, fue por causa de la naturalidad con que el fenómeno había ocurrido. Era como si aquel hombre estuviera tan acostumbrado a desaparecer, que hubiese aprendido a hacerlo sin que se notara.

Entonces, sintiéndose ya en forma para seguir subiendo escaleras, Deisy continuó su camino en pos de encontrar el depósito donde se guardaban los formularios. Ahora ya no corría. Subía un escalón con un pie, y luego apoyaba el otro en el mismo escalón. Quizá el encuentro con el hombre del traje color ámbar la había apaciguado, o quizá por tener ahora más experiencia en el vivir, estaba en condiciones de obrar con mayor prudencia y madurez. Es cierto que el tiempo transcurrido desde que se había echado a correr hacia las escaleras era muy corto, pero sucede que las personas a veces no maduran en forma lineal, o mejor dicho, no maduran siempre en forma de línea recta. Si nos imaginamos la línea de vida de Deisy en una gráfica donde las abcisas representan el tiempo y las ordenadas el nivel de madurez, podremos encontrar (al igual que en la de cualquier otra persona) por aquí y por allá pequeños segmentos de recta cuya prolongación forma con el eje de las ordenadas un ángulo de apenas dos o tres décimas de grado.

Pero cuando iba por el quinto o por el sexto peldaño en esta segunda etapa de su ascensión, Deisy se detuvo para preguntarse si iba bien encaminada. Y llegó a la conclusión de que no. El depósito no estaba arriba, sino abajo. Ella lo había visto: era ese galpón que había atravesado cuando corría para salvarse del pasajero que la perseguía. Pero como ese recuerdo era para ella penoso, sus resortes inconscientes habían inventado un depósito arriba. Ahora, sin embargo, cuando faltaban unos pocos peldaños para llegar al fin de la escalera, y se hacía cada vez más evidente que... que... que, bueno, que allí no había ningún depósito, Deisy no sabía... no atinaba a... es decir, dudaba sobre si... si seguir... o si...

—Suba, señorita, venga, venga sin miedo —dijo

de pronto un hombre, abriendo la puerta que se encontraba al término de la escalera. Deisy solamente pudo ver su silueta, porque lo tenía a contraluz.

—Sin miedo no puedo ir —dijo ella—. No sé si voy a ir, pero si llego a hacerlo, será con miedo. No sé quién es usted ni qué hay detrás de esa puerta.

—Ah, no se preocupe: lo que hay tras esta puerta no puede hacerle ningún daño. Son sólo cadáveres, y como tales, son completamente inofensivos. En cuanto a mí, permítame presentarme: soy el doctor Estévez. San Nicolás Estévez.

El hombre bajó suavemente dos o tres peldaños de la escalera para ofrecer su mano a Deisy.

—¿San... Nicolás Estévez? —Deisy tendió también su mano, sin saber si el otro aspiraba a estrechársela a modo de saludo, o si lo que quería era ayudarla a subir.

—Bueno —el doctor, asiendo la mano de Deisy, fue capaz de combinar hábilmente las dos acciones—, quizá sea un poco atrevido de mi parte expresarlo de esa manera, porque... yo no soy exactamente el doctor Estévez, pero sí soy... cómo le diré... ah, sí, ya sé: soy el depositario de su título. Digamos que yo detento el título de Doctor en Medicina del doctor (valga la redundancia) San Nicolás Estévez. Y la redundancia de que le hablo sí que vale, porque yo soy dos veces doctor. Una vez, por mí, y la otra por Estévez —el doctor ya había conseguido conducir a Deisy al interior del salón, y cerró la puerta—. Y hasta le diría más: soy tres veces doctor, porque tengo en mi haber un posgrado. el posgrado en necrología.

Deisy observó la sala. Era un pabellón de al menos treinta metros de largo, con dos hileras de veinticuatro camas cada una. Y todas, menos una, estaban ocupadas por cuerpos humanos. En la restante había una criatura de forma muy extraña, que Deisy no pudo identificar. El doctor, percibiendo su confusión, la invitó a acercarse.

—Esta es Samantha —le dijo, y Deisy, al ver a la criatura más de cerca, se dio cuenta de que era un avestruz—. Es algo que está completamente fuera de mi línea de trabajo, por supuesto. El que yo haya accedido a tenerla como paciente debe entenderse como un acto de humanitarismo.

—¿Y cómo... llegó hasta acá?

El avestruz lucía decaído, y su ala izquierda estaba enyesada.

—Como usted probablemente ya sepa, a juzgar por el uniforme que lleva puesto —dijo el doctor—, esto es un avión Por lo tanto, viaja por los aires. Y si bien para nosotros, los humanos, eso se transformó en un hecho más que corriente, para el resto de la fauna del planeta es algo muy fuera de lo común. A los animales no les alcanza con uno o dos siglos de aeronáutica. Ellos emplean millones de años en familiarizarse y adaptarse a las nuevas condiciones ambientales. Es natural, pues, que todavía hoy las aves (que desde hace millones de años son las dueñas del aire) se sorprendan cuando ven un avión, y que no sepan cómo reaccionar. Un avión pequeño, un boeing setecientos cuarenta y siete, por ejemplo, aniquila en un trayecto de mil kilómetros no menos de ochocientos pajaritos y treinta o cuarenta aves de mayor tamaño, como cóndores, aguiluchos y chajás. Samantha tuvo suerte de sobrevivir. Su ala estuvo a punto de convertirse en Picadilly Circus.

—Pero, doctor —dijo Deisy, mostrando preocupación—, las avestruces no vuelan.

—¿No? Entonces cómo se desplazan, ¿por telequinesis?

—Bueno, no, pero...

—No crea todo lo que oye decir por ahí, señorita —el doctor rodeó con uno de sus brazos la espalda de Deisy—. Hay muchos prejuicios sobre el comportamiento de los animales, que se originaron en la estrechez mental de los primeros que investigaron el tema. Estos buenos señores pensaron que, si veían un mamut llenándose la trompa de gofio, eso quería decir que los mamuts eran amantes del gofio. Tuvo que venir Dian Fossey para demostrar que la conducta cotidiana de los animales puede ser muy diferente de la que demuestran en presencia de un ser humano.

—Pero usted cree, doctor, que con lo que pesa un avestruz...

—Este avión pesa mucho más que un avestruz, señorita —Deisy sintió una fuerte presión de los dedos del doctor en su brazo—, y vuela divinamente. Pero como sé que no voy a convencerla con argumentos, permítame hacerlo con hechos. Samy —el doctor soltó a Deisy y se sentó sobre la cama del avestruz—, por favor, date unas volteretas en el aire, para que te vea la señorita.

El avestruz empezó a mover sus alas con dificultad y, deshaciéndose de las sábanas que la cubrían, se irguió en la cama. Pero cuando se lanzó al aire, cayó estrepitosamente al piso. El doctor se inclinó inmediatemente sobre ella y la socorrió, ayudándola a volver a la cama.

—Lo siento, no debí pedirte eso —le dijo, y dirigiéndose a Deisy, agregó—: Samantha todavía debe hacer quietud. Pero luego de unas semanas de convalescencia ya va a ver, usted. Deberá tragarse su incredulidad.

En ese momento, de entre las sábanas de una de las camas contiguas a la del avestruz, emergió la figura de un hombre gordo, morocho y lampiño, que estaba vestido con una camisa y una corbata cuyo nudo era eclipsado por una descomunal papada que caía desde el mentón como una cascada de lava orgánica.

—¡Yo, yo, doctor! —dijo. agitando los brazos y las piernas y en un tono animado por la más eufórica ansiedad infantil— ¡déjeme volar a mí! ¡yo sé! ¡yo sé!

—No, Ciclamatus; tú también debes reposar.

La advertencia del doctor fue inútil. El tal Ciclamatus empezó a elevarse por los aires, pero no podía decirse que estuviera volando. Más bien parecía flotar, como un globo, sin control sobre la dirección de sus desplazamientos.

—¡Baja de ahí, Ciclamatus! ¡Regresa inmediatamente a tu cama! —el doctor empezó a dar saltos, intentando vanamente capturar un pie del paciente.

— ¿No me cree, doctor? ¿Es eso? ¿No cree que yo pueda volar? —dijo Ciclamatus entre sollozos. En eso, al doctor se le cayó uno de los monóculos. Deisy se agachó y empezó a recoger los trocitos de vidrio.

—Deje eso —le dijo el doctor—. Esos restos no van a servirme de nada.

—Porque no sabe ensamblarlos —dijo con arrogancia el ocupante de otra de las camas, incorporándose hasta quedar sentado. Era un hombre de aspecto bastante convencional, pero en el sentido de los temas tratados por la Convención de Ginebra.

—Usted haría mejor en callarse —le contestó el doctor, acercándosele—. Acaba de recobrar el conocimiento, y no tiene la más pálida idea de cuánto tiempo estuvo inconsciente. ¡Y tiene el tupé de hablarme a mí de ensamblaje, cuando usted reventó en mil pedazos y no estaría acá de no ser porque yo lo reensamblé!

—Dice eso para impresionarme, seguramente — el otro no cejó en su tono petulante.

—Cállese, imbécil. Si no hubiese sido por mí, sus restos diseminados en un radio de más de cuatrocientos kilómetros estarían sirviendo de aderezo para las comidas de los peces que habitan las profundidades del mar del Norte. Deisy, hágame un favor —el doctor se dirigió a la azafata como si se hubiese tratado de una empleada suya—, tráigame del archivo el legajo correspondiente a la tragedia del crucero Yarará[1]. Voy a mostrarle a este estúpido las fotografías de la explosión. Particularmente me gustaría que viera una en la que en primer plano, aunque un poco fuera de foco, aparece un pedazo de su hígado, y más atrás, como a cien metros, se ven brillar las brasas en que se convirtió su ventrículo izquierdo.

Deisy salió del pabellón, deseosa de complacer al doctor. Pero sabía que antes tenía otra cosa para hacer. Algo que le había quedado pendiente. Solo que no podía recordar qué era.

[1] Ver *Zanahorias* (Ediciones Trilce, 1991).

—¿Habré perdido la memoria? —se preguntó, mientras bajaba por las escaleras. Y la respuesta fue que no. Y fue proporcionada por el hombre con quien se había topado antes, el que vestía un traje a cuadros color ámbar separados por rayas negras, pero que tenía sobre esa ropa la manta color café que la compañía suministraba a sus pasajeros para un viaje más confortable.

—O mejor dicho, sí —se rectificó él enseguida—. Quizá sí perdió la memoria. Veamos..., voy a someterla a un pequeño test. No tenga miedo: consta de una sola pregunta.

—Dispare —dijo ella, pero enseguida, atemorizada por la posibilidad de que el hombre ocultara algún revólver bajo la manta, agregó—: quise decir que me haga la pregunta.

—Veo que me toma usted por un imbécil —dijo él—. Pero para que vea que no lo soy, voy a decirle que esa observación suya me bastó para averiguar lo que quería averiguar. Ya no necesito hacerle la pregunta.

—Entonces dígame cual es el resultado de su test —inquirió ella, con ansiedad.

—¿Necesita respuestas, ¿eh? Se ve que se encuentra en serios problemas, señorita. De no ser así, no aceptaría la ayuda de un perfecto extraño como yo.

Deisy no dijo nada.

—Usted perdió la memoria —siguió el hombre—. De no ser así, no me consideraría un extraño, ya que hoy mismo sostuvimos usted y yo una larga conversación en esta misma escalera.

—No lo recuerdo.

—Claro. Ya lo sé. Si lo recordara, no podría haberme tomado por un imbécil, como lo hizo hace unos momentos, ya que en aquella conversación yo hice gala de ser intelectualmente brillante y de estar dotado de un ingenio y de una agudeza poco comunes.

—Eso tampoco lo recuerdo —dijo Deisy.

—Lo acepto —el hombre se puso a hacer con la cabeza lentos y trabajosos movimientos afirmativos, como. si sufriera de tortícolis—. Pero voy a arriesgar una hipótesis, señorita: usted perdió la memoria, pero no perdió los recuerdos. Usted recuerda mi brillantez, así como recuerda tantas otras cosas de su vida. Usted conserva todos sus recuerdos, pero perdió *la capacidad de evocarlos* En alguna parte de su cabeza deben estar, pero los accesos a esos lugares fueron cortados. Si usted quiere, mediante cirugía, yo...

—No, gracias —lo interrumpió Deisy—. Disculpe, pero usted me cae bastante mal. Es demasiado pedante, ¿nunca se lo dijeron?

— No —respondió él con calma—. Pero quizá la razón por la que no me lo hayan dicho sea la misma que causa mi pedantería. Me refiero a la soledad. Como siempre estoy solo, nadie tiene ocasión de decirme nada. Y como no hablo con otras personas, no tengo puntos de referencia para medir mi inteligencia. Fíjese que como, en cierto modo, soy el único que existe, no tengo más remedio que ser el mejor. Es el mismo caso que Dios. Dios estaba solo: por lo tanto, era el mejor. Luego nos creó a nosotros, que somos peores que él. Pero eso no representa para él ningún mérito. Nadie puede crear algo que lo supere. Es por eso que Dios nos aventaja en todo, ¿entiende? No es porque él, en términos absolutos, sea gran cosa. Pero creo que mi situación no es tan desesperada como la de Dios. Yo no necesito crear a nadie para terminar con mi soledad. Me basta con sentarme en esta escalera y esperar a que usted pase. Venga, venga acá —el hombre se acercó a Deisy y la tomó del brazo—. Desvístase. Voy a poseerla sexualmente.

Ella se soltó y empezó a correr escaleras abajo. No supo cuántos pisos descendía, pero en cierto momento, intentando desorientar a su perseguidor, se metió por una puerta que encontró abierta, y la cerró inmediatamente. Se vio corriendo en una gran sala con piso de parqué, limitada por paredes blancas que parecían recién pintadas, y desprovista de todo mobiliario. Tampoco tenía ventanas. Deisy se sentó sobre el parqué, recostando su espalda contra una de las paredes, con el propósito de descansar un momento. No había nadie en la sala y sólo se oía el tronar de los dieciséis motores del avión, sólo turbado por un majestuoso silencio entre sepulcral y paradisíaco. Pero Deisy pudo oír en cierto momento, claramente destacado por sobre esa mezcla de silencio y ruido, las reverberaciones de un sonido corto y áspero que se producía a intervalos de tiempo regulares, y en cada edición con un pelín más de intensidad que en la anterior. Identificó esto como los pasos de su perseguidor y nuevamente se echó a correr, pero la pared del fondo de la sala no tenía puerta y debió por fuerza detenerse allí. Cuando miró hacia atrás, comprobó con alivio que se había equivocado: había un hombre, sí, pero no era el del traje ámbar. Tendría unos noventa y cinco años y era delgado (aunque mofletudo), rubio, muy alto y un poco encorvado, pero no hacia adelante, sino hacia atrás.

—¡Gracias a Dios que usted está aquí, señor! —le dijo Deisy—. Tiene que ayudarme: hay un hombre que me persigue. Pretende abusar de mí —ante una mirada interrogativa del otro, Deisy aclaró—: abusar sexualmente.

—¿Sexualmente? Pues tiene usted suerte. Dio con la persona indicada —dijo el hombre con orgullo—. En materia de sexo yo soy una autoridad.

—¿Sí? Qué suerte —contestó ella, mirando hacia la puerta para ver si aparecía su perseguidor.

—Sí —continuó el otro—. Y como soy una autoridad, tú debes obedecerme.

—¿Obedecerle? En qué.

—Para empezar, quiero que limpies el piso de este salón.

—¡Pero señor! —protestó Deisy—. Acá no hay útiles de limpieza... y además... no entiendo. Usted dice ser una autoridad en materia sexual, y la orden que me da...

—¿Crees que no guarda relación con el sexo? Estás equivocada. Al menos para mí, el verte inclinada sobre el piso moviendo un lampazo para aquí y para allá, mientras tus senos se bambolean, funcionará como un poderoso afrodisíaco.

En ese momento la puerta de la sala se abrió y entró el hombre del traje a cuadros. Ya no traía la manta color café.

—Ah, qué bien, mi amigo —dijo el de los mofletes, volviéndose para mirarlo—. Llega usted a tiempo para que yo pueda demostrarle cómo se toma a una mujer por la fuerza.

Pero el otro, al parecer poco interesado en compartir a Deisy, se abalanzó sobre él y lo empujó, haciéndolo caer al suelo cuan largo era. Los dos hombres se trenzaron en un violento intercambio de golpes de puño, arañazos, puntapiés y mordiscones, circunstancia que Deisy aprovechó para huir de la sala.

Empezó a subir por las escaleras con sigilo, temerosa de toparse con un tercer abusador. Subió dos pisos y abrió una puerta, con ánimo de investigación. Lo que vio le inspiró confianza: varias hileras de asientos, casi todos ocupados por personas de aspecto decente y honorable, algunas mirando por unas ventanillas que había en los costados, y otras hacia un pasillo central por el que una mujer con indumentaria de azafata se desplazaba moviendo un carrito del que extraía vasos y botellas de refrescos, que distribuía al parecer gratuitamente. Deisy tomó ubicación en un asiento desocupado, junto a una mujer de unos treinta y seis años vestida con un ajustado *tailleur beige*, que lograba retener sobre su cabeza una descomunal cantidad de negros cabellos gracias a la precisa colocación de una peineta.

4

Una anciana flaca y decrépita que portaba lentes que aumentaban cinco veces el tamaño de sus ojos salió del cuarto de baño y caminó por el pasillo buscando su asiento. Lo encontró ocupado por una muchacha de tez olivácea, vestida con un *blazer* muy similar al que usaban las azafatas, pero ajado y con las costuras vencidas.

—Perdone —dijo la anciana— pero éste es mi asiento.

—Si me muestra su boleto con el número del asiento no voy a poder dudar de su afirmación —le contestó la muchacha.

—Mire, joven —la anciana replicó con la firmeza de una entrenadora de perros— no sé si usted sabe que las personas, cuando llegan a cierta edad, tienen dificultad para acordarse de dónde guardan las cosas.

—Entonces andá que te cure Lola —la muchacha buscó, con una sonrisa, la complicidad de su compañera de asiento. La anciana le tiró del *blazer*, intentando levantarla, pero sólo consiguió arrancarle una manga.

—¿Cómo permitió usted que esta atrevida se sentara en mi lugar? —preguntó a la mujer del *tailleur beige*.

—Toda persona tiene derecho a sentarse —contestó ésta—. No crea usted que su edad le da privilegios por encima de las demás personas.

La anciana marchó al cubículo de las azafatas, buscando a alguien ante quien elevar una protesta. La jefa de azafatas estaba allí, pero le dijo que no podía atenderla en ese momento debido a un asunto de real importancia que tenía en jaque a la tripulación, y saliendo ella del cubículo, se metió en la cabina del comandante.

—Perdón, señores, ¿puedo anunciar a los pasajeros el descenso? —preguntó.

—Un momento, Mercedes —le dijo el comandante, y asió el micrófono de la radio como si fuera una manzana del tipo "arenosa"—. Atención, torre "La Niña", solicito permiso para aterrizar.

—Permiso denegado —la voz, filtrada en graves y agudos y desprovista de toda emotividad, articuló esas palabras en un tiempo mínimo.

—Qué sucede —dijo Queirós, el piloto.

—Nada —el comandante insistió:— atención, torre "La Niña", aquí comandante del vuelo quinientos uno procedente de Las Tejas, solicito permiso para aterrizar.

—Permiso denegado —la respuesta fue inmediata y pareció un calco exacto de la anterior.

—No comprendo —dijo el comandante—. La visibilidad es perfecta.

—Déjeme a mí. Voy intentarlo de otro modo —dijo Queirós, y arrebató el micrófono al comandante—. Atención, torre "La Pinta", solicitamos permiso para aterrizar.

—Permiso denegado.

—Torre "La Santa María", atención, atención. Aquí vuelo quinientos uno. Solicitamos permiso para aterrizar.

—Permiso denegado.

—Atención, atención, aquí vuelo quinientos dos. Solicitamos pista.

—Permiso denegado, idiota. No insista —esta vez la voz se oyó con toda su riqueza en componentes graves y agudos, y pareció tomada por la emoción; aunque la naturaleza de esta emoción permaneció perfectamente oculta.

—Esto no nos lleva a ninguna parte —dijo el comandante —Y nos quedan menos de veinte galones de combustible. Damas y caballeros, lo siento mucho, pero vamos a tener que amerizar. Mercedes. Prepare a los pasajeros.

—Sí, comandante —dijo la jefa de azafatas, y saliendo de la cabina, empezó a recorrer el pasillo que separaba los dos sectores de asientos de los pasajeros, instando a todos éstos a abrochar sus cinturones de seguridad, y recogiendo las mantas que les habían sido entregadas al partir. Al principio, Mercedes fue cumpliendo con esta labor de modo rutinario, pero a poco de estarlo haciendo observó algo curioso en todos los pasajeros a quienes se dirigía: en vez de estar sentados, ellos parecían estar pintados en los asientos; y pintados por un artista muy hábil, y con tal dominio de la perspectiva, que las figuras humanas parecían dotadas de relieve. Pero así y todo, los cinturones de seguridad, calculados para personas con espesor real, no figurado, no llegaban a cernirse sobre los cuerpos.

—Esto es muy irregular —dijo como para sí, y su desorientación le produjo una momentánea pérdida del equilibrio. El pasajero que tenía al lado en ese momento, viéndola trastabillar, se levantó para sostenerla y le preguntó si se sentía bien.

—No, creo que no —le contestó ella, y reconociéndolo, le dijo:— usted... usted es el profesor Anaximágnum, verdad?

—Por supuesto. ¿Qué le sucede, señorita?

—No sé —el mareo de Mercedes se intensificó, y ella dejó caer, sin querer, todas las mantas que había recogido—. No comprendo lo que veo, profesor. ¿Por qué carece usted de espesor?

—¿De espesor? —él rió—. No, yo no carezco de espesor, señorita. Venga, la voy a acompañar al cuarto de baño. Creo que necesita refrescarse.

Ante las miradas curiosas de algunos de los otros pasajeros, el profesor Anaximágnum condujo a Mercedes a uno de los cuartos de baño.

—Este lugar es muy pequeño —dijo ella cuando él hubo cerrado la puerta—. No entiendo cómo podemos caber los dos.

—Abra la canilla y lávese la cara —Anaximágnum se desabrochó el cinturón y los botones del pantalón, se bajó el calzoncillo y exhibiendo su aparato genital dijo:— si usted tiene dificultades para ver mi espesor, yo se lo voy a hacer sentir.

Mercedes, todavía mareada, y sin el apoyo del profesor, cayó sobre el inodoro. El, tras un corto forcejeo, consiguió sacarle la pollera y la trusa que llevaba puesta, y trató de penetrarla. Mercedes se desmayó debido a la intensidad del olor de la transpiración del profesor. El le abrió las piernas y la acomodó de modo de facilitarse la operación, pero por más que su órgano tenía la rigidez apropiada al caso y que, a falta de haber podido provocar una adecuada lubricación en la mujer, él se la había mojado con saliva, no conseguía penetrar ni un milímetro en esa vagina. En rigor de verdad, no conseguía ni siquiera enfrentarla de punta, por más que lo intentaba desde diferentes ángulos y torciendo el resto de su cuerpo hacia uno u otro lado. Su pene no podía de ninguna forma quedar perpendicular a aquellos labios vaginales. Pusiérase como se pusiese, siempre estaba paralelo a ellos.

De pronto la puerta del baño se abrió, clavando uno de sus vértices en la espalda del profesor, que al instante aulló, despertando a Mercedes.

—Perdone, no sabía que estuviera ocupado —dijo la anciana decrépita, que era quien había abierto la puerta.

Mercedes empujó al profesor.

—Déjeme salir de acá~ — dijo.

El profesor cayó de espaldas, fuera del baño, sobre la anciana, a quien aplastó. Ella lanzó un balido hondo y quejumbroso, que sólo fue audible gracias a la curvatura en la columna vertebral de Anaximágnum. Mercedes salió y quiso terminar de recoger las mantas de los pasajeros, pero ¡oh sorpresa! Encontró que todos los asientos estaban vacíos. Lo que no encontró fue una explicación para ese hecho. Fue a buscarla a la cabina del comandante, pero no pudo entrar. La puerta estaba cerrada con llave. Golpeó.

—¡Abrame, comandante, por favor!

—Diga la contraseña.

Esto fue dicho por una voz que, a fe de Mercedes, no era ni la del comandante Dante ni la de Queirós, el piloto.

—¿Quién es usted? ¿Qué hace ahí?

— La contraseña, por favor —insistió la voz—. Si no me da la contraseña, no puedo transmitirle ninguna información. Ya me estoy excediendo en mis funciones, al decirle esto.

—No sé de qué contraseña me habla —dijo Mercedes, y entonces la puerta se abrió.

El asiento del comandante, que era giratorio, estaba orientado hacia la puerta, de modo que Mercedes vio frente a sí a un hombre de aspecto afable y bonachón, vestido con una gabardina escocesa que le quedaba demasiado grande, cubriendo completamente sus manos y sus pies. Además, tenía el cuello y también parte del mentón envueltos en una gruesa bufanda lapona.

—Dígame qué desea —dijo, sin mirar a Mercedes. Tenía la vista fija en un punto del piso y estaba perfectamente inmóvil.

—Deseo hablar con mi comandante —contestó ella—. Dígame dónde está, y dígame también quién es usted y qué hace acá.

—Como hacer, no hago nada. Tu comandante, no lo conozco. Y yo... bueno, si quieres puedes llamarme "Quieres". Si no, puedes llamarme "No". Otra opción sería que me llames "Otra opción", o si prefieres, "Si prefieres".

Mercedes se dio cuenta en ese momento de que la voz que oía no estaba saliendo de la boca del hombre de la gabardina, sino de los parlantes.

—¿Qué está pasando acá? —dijo—. Exijo saber con quién estoy hablando.

—Tus pretensiones rebasan las posibilidades de la ciencia ontológica —respondió la voz—, pero lo que sí puedo decirte es que no estás hablando con este buen señor que tienes frente a ti. El es solamente un muñeco, que yo uso para no asustar a la gente. Muchas personas se inquietan más de la cuenta si creen estar hablando con alguien incorpóreo.

—¿Tú eres incorpóreo?

—No. Creo haber dicho claramente "si creen". "Si creen estar hablando con alguien incorpóreo."

—Y qué eres, entonces.

—Ya te dije demasiadas cosas sobre mí —replicó la voz—. Ahora háblame de ti. ¿Cómo te llamas? ¿Sofía?

—¿Sofía? No, ¿por qué?

—Por que qué.

— Por qué pensaste que me llamaba Sofía.

—Jamás pensé tal cosa. De haberla pensado, no te hubiera hecho esa pregunta.

—Entonces dime cómo piensas que me llamo —dijo Mercedes con tono sensual, provocativo.

—No estoy para adivinanzas. Además, más que tu nombre, lo que me interesa saber es cómo averiguaste la contraseña.

—Qué contraseña.

—La contraseña. Tú dijiste la contraseña. De no haberla dicho, yo jamás te habría abierto la puerta.

En ese momento, el hombre de la gabardina se puso bruscamente de pie. Mercedes, en cambio, debido al susto, cayó al piso. El de la gabardina se inclinó sobre ella para ayudarla a levantarse. Ella, ni bien estuvo en pie, salió de la cabina y cerró la puerta. Corrió al cubículo de las azafatas. Allí vio a un hombre tendido en el piso, con una herida en la cabeza, de la que manaba sangre a borbotones. De pie, junto a él, estaba el profesor Anaximágnum, que al parecer había recuperado su espesor.

—Qué está pasando, acá —dijo Mercedes agresivamente.

—Hubo un accidente —contestó el profesor—. Consiga un médico

Mercedes descolgó el micrófono de la horquilla atornillada en el recubrimiento de cuero de la pared y dijo :

—Damas y caballeros, nos encontramos ante una situación de emergencia. Una persona, quizá por no haber seguido las instrucciones que la compañía imparte al comienzo de vuelo para seguridad de los pasajeros, se encuentra gravemente herida y su estado es delicado. Si se encuentra a bordo el conductor de alguna ambulancia, o en su defecto algún médico o estudiante avanzado de medicina, rogamos se presente en el cubículo de azafatas.

Inmediatamente acudió una mujer de unos treinta y seis años, vestida con un ajustado *tailleur beige*.

—Soy la doctora Sagardúa —dijo—. ¿Qué ocurre?

—Es este hombre —dijo Mercedes, inclinándose sobre el cuerpo inconsciente del herido—. Está perdiendo mucha sangre.

—Ya veo —la doctora Sagardúa recogió unos jirones de tela lila que vio en el piso, y los usó para hacer un torniquete en la cabeza del accidentado.

Entonces entró al cubículo un hombre alto, fornido, de pobladas patillas y vestido con una campera de raso magenta. Tenía puesta una gorra con una visera vencida que le caía sobre el rostro, ocultándoselo por completo.

—Soy el chofer de la ambulancia —dijo—. Con permiso.

Y apartando a la doctora Sagardúa, se echó al hombro el cuerpo del herido y salió del cubículo.

—¿Y ahora qué hacemos? —dijo el profesor Anaximágnum.

—Yo ya no tengo nada más que hacer acá —dijo la doctora— así que me voy a mi asiento.

—Usted también, profesor —dijo Mercedes—. Siéntese y abróchese el cinturón de seguridad. No falta mucho para el descenso.

—Qué aburridas son ustedes dos —dijo Anaximágnum.

—¿Se le ocurre alguna cosa mejor? —le preguntó la doctora.

—Sí —contestó él—. Se me ocurren muchas. Sólo que la decencia me impide decirles cuáles son.

—Por mí puede decir lo que sea. Tenga en cuenta que soy doctora: estoy acostumbrada a ver de todo. ¿Sabe lo que es abrir un intestino y ver que, en vez de mierda, está lleno de fluido seminal?

—¿En serio? —el profesor se sentó en el piso de piernas cruzadas—. Eso es sumamente interesante. Cuéntemelo desde el principio.

—Disculpen —dijo Mercedes—, pero yo me voy a seguir con mis quehaceres.

Salió del cubículo y, tras correr la cortina azul, caminó por el pasillo que dividía los asientos de los pasajeros, tratando de localizar el punto que antes había alcanzado en su cruzada recolectora de mantas. De pronto vio en uno de los asientos a Deisy, una de sus azafatas. Su *blazer* estaba roto, ajado, y le faltaba una de las mangas.

—Deisy, ¿qué estás haciendo acá? —le dijo—. Hay trabajo para hacer.

—¿Me habla a mí? —contestó la otra—. Lo lamento, pero creo que me confunde con otra persona.

—¿Qué? Vamos, no trates de pasarte de lista. ¡A trabajar, vamos!

—Tenga cuidado, señorita. Podría presentar quejas sobre su comportamiento en su oficina, cuando aterricemos. Déjeme en paz. Quiero disfrutar de mi viaje.

—Está bien, si es una pasajera, muéstreme su pasaje.

La muchacha rebuscó en sus bolsillos

—No lo tengo —dijo—. Pero eso no significa nada. Pude haberlo tirado y con todo derecho, porque el control se efectúa antes de abordar el avión, no después.

—Está bien, Deisy : desde este momento estás despedida.

—Sí. Entonces págueme.

—¿Qué?

—Sí, que me pague. Toda persona que es despedida, en mi país, tiene derecho a una indemnización.

—Entonces reconoces que eres Deisy y que trabajas aquí.

—No, señor. Y deje de molestar. Si quiere ser útil en algo, tráigame una naranjada.

—Con mucho gusto —dijo irónicamente Mercedes—. Con qué la quiere, ¿con maní? ¿con pickles?

—Con hielo —dijo la otra—. Y cortadita con un poco de ron.

—¿Ron jamaiquino, princesa?

—Sí. Y lo quiero rápido, así que déjese de preguntas y mueva esas patas.

—Como usted ordene, Alteza —dijo Mercedes, y flexionando una de sus piernas, volvió a extenderla, pero de tal modo que su zapato golpeara un pómulo de Deisy. Esta se enfureció y, levantándose, se arrojó sobre Mercedes y empezó a arañarla, a morderla y a tirarle del pelo. En eso, desde la cortina azul emergió la figura de la azafata rubia, quien con aire de maestra rural reprendió severamente a sus compañeras. Estas se separaron y se pusieron de pie, pero Mercedes, encarando a la rubia, le dijo:

—Me parece que te estás olvidando de que yo soy tu jefa. No estás habilitada para juzgar mi conducta.

—*Eras, mi jefa* —corrigió la rubia—. Justamente debido a tu conducta, perdiste tu puesto. Y el comandante acaba de promoverme a mí.

—Eso me gustaría escucharlo directamente de boca de ese mequetrefe —dijo Mercedes, y enfiló hacia la cabina del comandante. No encontró a éste, sin embargo, sino a Queirós, el piloto.

—Qué pasa, mijita —dijo él, viéndola desaforada.

—Me gustaría que me explicaran eso de mi destitución y de la promoción de Cindy —Mercedes trató de aparentar serenidad, pero la postura erecta de la mayor parte de sus cabellos no la ayudó mucho en eso.

—Es simple —dijo Queirós, reclinando su cabeza sobre el altímetro—. El comandante no quiere conventilleras en su tripulación. Y la señorita Cindy, al venir a contarnos lo que tú estabas haciendo, demostró ser una persona leal, despierta y de reflejos rápidos: eso es exactamente lo que le pedimos a una jefa de azafatas.

—Me gustaría saber si el comandante Dante suscribe toda esa mierda que me acabás de lanzar.

—El comandante Dante no está en posición de suscribir nada. El también fue removido de su cargo por inconducta, mirá qué casualidad. Y yo era el único elemento de a bordo que reunía los méritos como para asumir su cargo.

—¿Ah, sí? ¿Y quién lo destituyó, se puede saber?

—No tengo por qué rendirte cuentas de eso, pero para que recibas una pequeña muestra de mi piadoso humanitarismo, te lo voy a decir: fue el gerente de la compañía. El se encuentra aquí de incógnito, bajo la apariencia de un simple pasajero, y controla de cerca todos nuestros movimientos.

—¿Ah, sí? ¿Y se puede saber qué movimiento hizo Dante, como para que lo destituyeran?

—Claro, mijita: te dio un beso de lengua.

5

Veo que está volviendo en sí —dijo el médico—. Qué lástima. Mire si volvía en Carolina de Mónaco.

Simbad Geigy oyó algunas de estas palabras y empezó a despertarse muy gradualmente. No había alcanzado todavía el grado 3, cuando el médico exclamó :

—¡Despiértese de una vez, estúpido! Ya hice demasiado por usted, como para tenerlo más tiempo ocupando gratuitamente una de mis camas.

—¿Dónde estoy? ¿En la enfermería del crucero Yarará?[2] —preguntó Simbad Geigy.

—El crucero Yarará no existe más, señor mío. Quedó reducido a navegar en la pequeña laguna mental de quienes lo olvidaron. Usted se encuentra en la enfermería del avión que cumple el vuelo número quinientos uno, que va desde Las Tejas hasta...

— Hasta dónde.

—No sé. Y no tengo por qué saberlo. Mi especialidad es la medicina, no la navegación aérea.

—Entonces voy a seguir durmiendo —Simbad

[2] Ver *Zanahorias* (Ediciones Trilce, 1991).

Geigy se dio vuelta en la cama y concilió inmediatamente el sueño.

— Esto es inaudito —dijo el médico, y empezó a pasearse de ida y de vuelta por el espacio que separaba las dos hileras de camas, agitando los brazos con las manos abiertas y las palmas orientadas hacia arriba.

En eso la puerta de la enfermería se abrió y entró corriendo una mujer rubia, maciza, bien formada y de cabello casi tan negro como la concha de su madre.

—¡Doctor, doctor! —jadeó— ¡ya falta poco para el descenso y todavía no hizo sus compras en el *free shop*!

—¡Es cierto! —el doctor se tapó la cara con una mano, en ademán autocrítico—. Gracias, gracias, Cindy. Es que… se me olvidó, con todos estos pacientes que tengo que atender —al decir esto pateó una de las patas de la cama de Simbad Geigy, pero enseguida, dolorido, se agarró el pie con las dos manos, mientras saltaba sobre el otro pie, tratando de avanzar hacia la puerta. Cindy lo socorrió, ofreciéndole su apoyo, y los dos salieron del pabellón. Simbad Geigy, que se había despertado por el golpe en su cama, se levantó.

—Adónde crees que vas —le dijo el ocupante de la cama contigua. Era un hombre de aspecto normal, pero de acuerdo a la norma NTSC.

—Voy a ocupar el asiento por el que pagué —dijo Simbad, sacando de un bolsillo su pasaje y exhibiéndolo ante todo el que lo quisiera ver.

Estaba a punto de salir del pabellón cuando vio que en una de las camas más próximas a la puerta había, en vez de una persona, un enorme huevo.

—¿Y esto? —exclamó, volviéndose hacia los ocupantes del resto de las camas—. No entiendo, ¿nadie asume responsabilidades, aquí? ¿Por qué no hay alguien que venga a empollar este huevo? ¿No se les ocurre pensar que, en su interior, puede haber una criatura humana?

Pero cuando volvió a dirigir su mirada hacia el huevo, Simbad Geigy observó que debajo de la cama había un pequeño calentador a queroseno, que estaba encendido. Improvisando una disculpa a los presentes, entonces, salió de la enfermería. Lo primero que vio fue una escalera, y empezó a bajar por ella, cuando vio que a su término había alguien en actitud de cerrar el paso a todo aquel que no viniera munido de algún salvoconducto. Era un hombre calvo, de estatura descomunal y vestido únicamente con una camiseta y un *short*.

—Perdone, estoy buscando la sala de los pasajeros —dijo Simbad, deteniéndose—. ¿Es por ahí?

—No, señor. Por aquí lo que hay es el acceso al *free shop*. Se trata de una tienda abastecida con mercaderías de toda clase, desde productos alimenticios hasta otros que si son ingeridos producen una muerte segura e instantánea. Estos artículos pueden ser adquiridos por el sistema *duty free*, libre de impuestos.

—Ah, qué bien —dijo Simbad Geigy, y siguió bajando la escalera—. Voy a entrar a dar un vistazo.

El urso se puso en posición de combate según la técnica de la lucha grecorromana.

—¿Qué significa eso? —le preguntó Simbad, volviendo a detenerse—. ¿No me va a dejar pasar?

—Oh, sí, sí, pase, pase —dijo el otro, pero mantuvo su postura.

Simbad declinó el ofrecimiento. Se dio vuelta y empezó a subir por la escalera. Vio la puerta de la enfermería pero, sin darle corte, siguió subiendo. En un rellano de la escalera vio otra puerta y la abrió. Daba a una gran sala con piso de parqué, limitada por paredes blancas y desprovista de todo mobiliario. El lugar inspiró a Simbad una profunda sensación de paz, de la cual no fue consciente. Su ritmo respiratorio se enlenteció. Dio unos pasos y se sentó en el piso, con la espalda recostada en una de las paredes. Permaneció así largo tiempo. Pero cuando quiso levantarse, notó que una fuerza mantenía su espalda adherida a la pared. Volvió a intentarlo, esta vez más enérgicamente, y lo logró. Pero entonces vio que al sector de pared contra el cual había estado recostado le faltaba casi toda la pintura. Dio por sentado entonces que el lugar estaba recién pintado, y que la pintura que faltaba a la pared debía estar en su suéter. Furioso, arremetió a puntapiés contra la pared. Para su sorpresa, ésta resultó no ser tal, sino una mampara de madera compensada mal apuntalada por unos delgados tirantes que, vencidos por los golpes, se quebraron. La mampara cayó, dejando ver a Simbad que la sala pintada de blanco no era sino una pequeña parte de una especie de galpón mucho más espacioso, lleno de enormes cajas conteniendo piezas de repuesto para motores. También había en algunas partes del galpón estructuras de andamios y montículos de arena y de cemento portland, pero no se veía a nadie trabajando con eso. Al fondo del galpón Simbad entrevió una angosta escalera en

76

forma de caracol y se dirigió a ella. Para alcanzarla, tuvo que esquivar unas pilas de papeles de casi medio metro de altura, que ocupaban una superficie rayana a las veinticinco mil pulgadas cuadradas.

La escalera desembocaba en un estrecho espacio que Simbad reconoció como el cubículo de las azafatas. Una de éstas se encontraba sentada sobre un taburete, fumando un cigarrillo.

—Qué ocurre, señor, ¿se perdió? —dijo a Simbad con simpatía—. ¿Quiere que lo acompañe a su asiento?

—Deme un cigarrillo, por favor —le pidió él—. Estoy muerto de sed.

La muchacha aspiró una buena ración de humo y dijo:

—Disculpe, pero no veo qué relación puede haber entre que usted tenga sed y que quiera un cigarrillo.

—¿Yo dije que hubiera alguna relación? —Simbad se acercó a la azafata, la tomó por las solapas del *blazer*, levantándola del taburete, y en voz más alta repitió: —¿YO DIJE QUE HUBIERA ALGUNA RELACIÓN?

—N… no —dijo ella, tratando infructuosamente de soltarse—, pero es algo que se desprende por la forma en que usted concatenó las dos frases.

— Cómo las concatené —dijo él, y luego de mirar a la muchacha fijamente a los ojos durante unos segundos sin obtener de ella respuesta alguna a su pregunta, le mordió un pómulo, pero con cuidado de no lastimarla, y enseguida repitió, en tono más autoritario: —CÓMO LAS CONCATENÉ.

Inmediatamente volvió a repetir la pregunta, pero esta vez no como pregunta sino como orden, precedida de la palabra "dígame".

—Sin nada entre medio —dijo ella.

— Ah —dijo él, y quitándole el cigarrillo encendido que ella sostenía entre dos de sus dedos, se lo apagó con un escupitajo. Enseguida salió del cubículo y se encontró en el espacio principal del avión. Se acercó a su fila con intenciones de ocupar su asiento, pero vio con estupor que una mujer se lo había acaparado. Era una anciana flaca y decrépita, que portaba lentes que aumentaban cinco veces el tamaño de sus ojos.

—Perdone, señora, pero ése es mi asiento.

—¿Sí? Uy, disculpe, debo haberme equivocado de fila cuando volví del baño —dijo ella, y la conciencia de su error la hizo ruborizarse, tornándole el rostro de un color violáceo muy oscuro.

La anciana quiso levantarse pero olvidó desabrochar su cinturón de seguridad, y el tirón que sintió entonces en el estómago le hizo proferir un balido hondo y quejumbroso. Simbad Geigy quiso entonces ayudarla a desabrocharse, pero ella interpretó esto como una agresión sexual y empezó a gritarle improperios impropios.

—Pero señora, yo no toqué nada que... —empezó a decir Simbad Geigy, pero ella lo interrumpió diciendo:

—Qué no me tocó, ¿los pezones? ¿el clítoris? ¡Si lo hubiera hecho, ni cuenta me hubiera dado yo! Mi única zona erógena está acá, en el estómago —la anciana se tocó el abdomen y emitió un gemido de placer.

—Pero yo no quería... —trató de decir Simbad, pero la anciana, mientras se desabrochaba por sus propios medios el cinturón y se levantaba, volvió a interrumpirlo (a Simbad), diciendo:

—Está bien, joven, está bien. De todos modos, aunque hubiera querido, usted no hubiera podido.

Y se fue a tomar ubicación en un asiento desocupado que había unas pocas filas más atrás. Simbad Geigy se instaló entonces en su lugar, al lado del hombre del traje a cuadros de color ámbar. Este miraba por la ventana que tenía a su lado, con aire de cierta preocupación.

—Qué pasa, ¿hay algo mal? —Simbad trató de mirar, también.

—No, no. Estaba mirando esas avestruces. Me sorprende que puedan volar tan alto. Ya desde el vamos me sorprende que puedan volar, y más... bueno, no sé si más, en realidad: no sé si me sorprende más el hecho de que vuelen, o el de que lo hagan a tanta altura.

—¿Cómo sabe a qué altura estamos?

—No puedo saberlo —el del traje ámbar sonrió con una mueca de vergüenza—. Tiene razón. Mis preocupaciones no tienen base.

—Entonces jamás se va a poder librar de ellas —le pronosticó Simbad.

En ese momento la azafata jefa, con aire de maestra rural, se plantó frente al pasillo central del avión y sin ayuda de ningún micrófono dijo:

—Señoras y señores pasajeros, vuelvo a disculparme en nombre de la compañía por la demora que tendremos antes de tocar tierra, pero la espera no será tediosa, ya que nuestro ilustre pasajero el profesor Anaximágnum se ofreció gentilmente para darnos una conceptuosa charla sobre instrucción sexual.

—Ese tipo es un plomazo, yo lo conozco de otro viaje que hice —dijo en voz baja el hombre del traje ámbar—. Además a mí esa charla no me interesa para nada. Mi vida sexual está perfectamente resuelta desde hace muchos años.

—¿Sí? —le preguntó Simbad—. ¿De qué manera?

—Con mi hermana —puntualizó el otro, y tratando de hablar a un volumen tal como para ser oído solamente por su vecino, explicó: — hace once años que mantengo relaciones sexuales regulares con mi hermana, señor...

—Simbad —dijo Simbad Geigy—. Simbad Geigy. ¿Y usted?

—Yo soy el escribano Horias. Memphis Horias —dijo el otro, tendiendo su mano a Simbad; pero como viera que Simbad no se la aceptaba, continuó: — sí, sí, ya me doy cuenta de que usted debe experimentar mucha repugnancia hacia mí por lo que le conté, pero... le pido un poco de indulgencia, señor. Aunque sea escuche mis justificativos, y luego quizá su juicio sobre mí pueda llegar a ser un poco menos severo — la urgencia que el individuo parecía tener por enterar a Simbad de sus motivos hizo que elevara el volumen de su voz—. Como le decía, hace once años que mantengo relaciones con mi hermana. Eso puede parecer asqueante, ya sé. Fíjese que salimos de la misma madre, fíjese que... ¡diablos, se trata de mi hermana, señor! ¡Vivimos bajo un mismo techo, comemos juntos, y hasta dormimos juntos! Pero ¿sabe cómo llegamos a esa situación? Mire: no sé si desde donde usted está sentado puede apreciarlo, señor, pero yo soy muy feo, ¿sabe? Desde los trece o catorce años, edades en la que empecé a interesarme por las mujeres, ninguna mujer me dio el menor corte. Y a mi hermana le pasó exactamente lo mismo, pero con los hombres. Ningún hombre le hizo jamás ninguna propuesta, y cuando las propuestas salían de mi hermana, en el mejor de los casos eran rechazadas. En el caso más común, eran simplemente ignoradas. Ella, durante un tiempo, trató de pasarse al bando homosexual, pero su suerte fue la misma: las mujeres tampoco querían nada con ella. A mí me pasó lo mismo: fui rechazado unánimemente tanto por homosexuales pasivos como por activos. Entonces cierto día, con mi hermana nos empezamos a mirar, y a mirar, y se nos ocurrió en el mismo momento la misma idea; nos aferramos a nosotros mismos como única tabla de salvación, para no seguir toda la vida soportando el suplicio de la abstención forzada. No nos fue demasiado difícil aceptarnos mutuamente: estábamos acostumbrados desde pequeños a acariciarnos, a tomarnos de la mano, a abrazarnos, y esto era estimulado por nuestros padres, que en paz descansen. Ellos, cuando nos veían abrazados, decían "ah, pero mirá que tiernos, el nene y la nena, cómo se quieren". Y así es la cosa, mi amigo. Yo ahora no me quejo. Mi situación no será la ideal, pero mi hermana tiene las carnes bastante firmes. Vivimos solos, y la gente que nos conoce no sospecha nada. De todos modos, no hacemos mal a nadie. Y le voy a decir una cosa, señor: yo, al principio, en mis momentos de intimidad con

Vicky (Vicky es mi hermana) me sentía una especie de monstruo, pero con el tiempo llegué a convencerme de que nuestro caso no es único. Estoy absolutamente seguro de que al menos la mitad de las parejas hermano-hermana que viven solos, se dan a mansalva. Hay que cuidarse, eso sí: no es conveniente tener hijos, porque pueden despertarse suspicacias entre los vecinos.

Horias iba a continuar su exposición de motivos, pero una azafata lo interrumpió. En realidad no era exactamente una azafata, o si lo era, esto no era visible con toda nitidez a los ojos de Horias y de Simbad Geigy. Lo nítidamente visible era el traje (al que faltaba una manga), pero el cuerpo de la supuesta azafata, más que verse, se sospechaba por la forma y los movimientos de ese traje. Lo mismo podía decirse de la cabeza, que tampoco se veía en forma directa, sino que se infería de la posición y de los movimientos de la gorra.

—Disculpen, caballeros —fue lo que dijo este ser—. ¿Están ustedes interesados en la charla del profesor Anaximágnum?

—Yo no —dijo el escribano—. Mi vida sexual está perfectamente resuelta: hace once años que mantengo relaciones con mi hermana. Eso puede parecer asqueante, ya sé. Fíjese que salimos de la misma madre, fíjese que... ¡caramba, se trata de mi hermana, señorita! ¿Usted tiene hermanos?

—¿Yo? No, señor —dijo ella—, pero de todos modos eso no viene al caso. Usted entendió mal. El profesor Anaximágnum no va a dar instrucción sexual: lo que va a dar es una charla *sobre* instrucción sexual. ¿Entiende? Va a explicar coómo se debe hacer para instruir a otros en las vicisitudes de la práctica sexual. Va a explicar cómo puede uno transmitir sus experiencias a los demás, sin quedar como un estúpido.

—Bueno, eso es otra cosa. Creo que me va a venir bien. Fíjese que yo, justamente, estoy tratando de transmitir a este hombre —Horias dio unas palmaditas en una pierna de Simbad— las enseñanzas que once años de vida fraterno-marital me han dejado, y no sé si lo estoy haciendo bien. Creo que mi amigo tiene cara de estar un poco aburrido.

—Perfecto, entonces —dijo la azafata—. Voy a pedirles que, si son tan amables, realicen un pequeño aporte para que entre todos podamos cubrir los honorarios del profesor.

—Ah, no —contestó el escribano—. Así no. De eso se tiene que encargar la compañía. Nosotros no tenemos la culpa de que haya demora en el aterrizaje.

—De todos modos usted va a tener que pagar, señor —dijo ella—, porque observo que ya no tiene consigo la manta que le fue suministrada al inicio del viaje. Al llegar, va a tener que reponer la manta o el importe de la misma.

—Muy bién dijo usted: *al llegar*. Por lo tanto, no es éste el momento de que me salga con eso. Váyase a escorchar a otra parte.

—Seré implacable en el cobro de la manta —dijo la azafata, y encaró a quienes ocupaban los asientos de la hilera siguiente. Se trataba de dos mujeres. Una de ellas vestía un riguroso *tailleur beige*, y sus abundantes cabellos negros estaban inmovilizados por una peineta. La otra, de tez olivácea, estaba completamente desnuda.

—Si están interesadas en la charla del profesor Anaximágnum —les dijo la azafata—, voy a pedirles una pequeña contribución para que podamos pagar sus honorarios.

—Fuera, bicho —le contestó la mujer del *tailleur beige*.

La azafata irguió la cabeza —o al menos eso pareció, porque la parte delantera de su gorra quedó a mayor altura que la posterior— y con altaneros movimientos de culo caminó hasta su cubículo.

—Merce —dijo, dirigiéndose a otra azafata que se encontraba allí fumando un cigarrillo (la mano que lo sostenía era perfectamente visible, así como todo el resto del cuerpo de la muchacha, con excepción de las partes cubiertas por su traje, que no eran muchas)—, no sé que hacer. Mire lo que recolecté —le entregó un par de monedas—: la mayor parte de los pasajeros no quiere contribuir.

—Y bueno —dijo la otra, recibiendo las monedas—. El profesor tendrá que conformarse con esto.

Y fue a exponer la situación a Anaximágnum. Este, al escucharla, se levantó de su asiento y dijo:

—Señorita, usted de veras piensa que yo... soy capaz de pedir dinero por dar esa charla?

—Desde luego que no —dijo ella—, pero es que a todos nos pareció que... no era justo que... trabajara gratis, profesor.

—Eso de cobrar por dar clases nunca me pareció muy pertinente —el profesor se mostró ofuscado—. Hoy en día la inmensa mayoría de los profesores lo

84

hace, ya sé. Pero es una vergüenza. Protágoras, el sofista, fue el primero que lo hizo, y en su época fue muy mal visto. Y mire usted qué ironía: hoy en día, los profesores de filosofía enseñan a admirar a Sócrates y a Platón, y a refutar a los sofistas. Sin embargo, estos profesores son discípulos de los sofistas, no de Sócrates ni de Platón. Los sofistas son los que triunfaron. Su sistema conquistó el mundo. Las enseñanzas se venden como cualquier otro producto, y nadie aprende porque sí, sino para poder conseguir otra cosa: eso es ni más ni menos que el meollo de la doctrina de Protágoras, de Gorgias de Leontinos, de Pródico de Ceos, de Licofrón y de tantos otros. Ellos, al igual que los profesores de ahora, no ponían a sus alumnos en el camino de la verdad (a la cual negaban, exactamente como los profesores de ahora, que aconsejan a los alumnos conocer todos los puntos de vista para luego optar libremente por el que quieran, sin importar cuál sea), sino que les daban herramientas intelectuales útiles para poder enfrentarse con éxito en la lucha contra los restantes seres humanos, en la lucha por la supervivencia.

—¿Entonces qué hago con estas monedas, profesor? —le preguntó la muchacha.

—Quédeselas. Úselas para comprarse un rico perfume, señorita...

—Nario. Mercedes Nario.

—Ah, sí. Pero le dicen Merce, ¿verdad? —el profesor adoptó ahora un tono más cordial—. Yo oí que algunas de sus compañeras la llamaban así.

—Es verdad —dijo ella—. Así me llaman. Usted puede llamarme también así, si quiere.

—Cómo no. Pues muy bien, señorita Merce Nario, como le decía, conserve esas monedas. Haga con ellas lo que quiera. Cómprese un *rouge* de labios o una pistola automática, tanto me da.

—No creo que me alcance para ninguna de las dos cosas, profesor —dijo ella—, pero de todas formas se lo agradezco. Le agradezco la intención.

Mercedes regresó al cubículo de las azafatas. La que le había entregado las monedas no estaba allí, pero sí vio a otra de sus compañeras: la rubia.

—Cindy —le dijo—. Voy a ir un momento al *free shop*. Cualquier cosa, llamame.

—Está bien —contestó la otra—. Yo te acompañaría, pero la verdad es que ando sin un cobre.

—No hay problema —dijo Mercedes—. Otro día será.

Transitando la totalidad del pasillo que separaba los asientos de los pasajeros, llegó a la escalera y empezó a subir. Encontró sobre unos escalones, muy cerca del primer rellano, una de las mantas color café, que ella y las otras habían distribuido a todos los pasajeros al inicio del viaje. La recogió y siguió su camino escaleras arriba. Pero en el segundo rellano había un individuo que se había arrellanado ahí en actitud de no dejar pasar a la gente. Era un hombre calvo, de estatura descomunal y vestido únicamente con una camiseta y un *short*. Pero ¡qué camiseta y qué *short*! La camiseta era de napa, con incrustaciones de lapacho que le daban un exquisito aire rústico. El *short*, en cambio, estaba completamente apolillado y dejaba entrever algunas imágenes de un aparato genital atacado por miríadas de enfermedades cutáneas y subcutáneas.

—Permítame —dijo Mercedes.

—Yo no tengo ninguna autoridad aquí —dijo él—. No soy quién, como para poder permitir o no permitir nada a nadie.

—Entonces déjeme pasar, por favor —insistió ella.

—No estoy facultado para dejar pasar o no dejar pasar. ¿No entiende? —el hombre se puso en posición de ataque de *capoeira* brasileña.

—Sin embargo, así como está usted, yo no puedo pasar. Usted no me está dejando pasar.

—¿Qué dice? ¿Que no la estoy dejando pasar? —el hombre adoptó una expresión de total perplejidad, y empezó a descender por la escalera hacia Mercedes; cuando llegó a ella, la tomó por las solapas del *blazer*, la elevó a media yarda del escalón que ella había estado pisando, y le gritó, mientras la perplejidad impresa en su rostro mudaba en iracundia :

—¿DICE QUE YO NO LA ESTOY DEJANDO PASAR?

—Sí —dijo Mercedes, casi sin voz, y agregó, ya no solamente sin voz, sino también sin imagen:— cópata.

El urso se vio de pronto sosteniendo con sus manos un trozo de nada. Entonces, entre sorprendido, decepcionado y avergonzado, se llevó las manos a los bolsillos del *short*. Pero estos también estaban apolillados, por lo cual las manos entraron en involuntario contacto con los órganos genitales. Este contacto, por lo imprevisto, excitó al urso, quien entonces, bajándose el *short*, empezó a masturbarse con fruición. En menos de medio minuto eyaculó copiosamente, tan

87

copiosamente que sus pies, apoyándose sin querer sobre una parte de la película de semen, resbalaron e hicieron trastabillar a todo el cuerpo con el que eran solidarios. El gigante rodó escaleras abajo y se desnucó junto a la puerta de la sala de pasajeros.

6

Cindy abrió la puerta del cubículo de las azafatas y vio a una de sus compañeras, la azafata vacía, llenando vasos con jugo de naranja que sacaba de envases tetrabrik.

—Vengo a informarte que hubo una asamblea —le dijo—, y en ella se resolvió que, dada la reticencia de la torre "La Niña" a asignarnos una pista, no vamos a aterrizar, sino a amerizar.

La otra continuó con su labor, sin contestar.

—¿Podrías informar de esto a los pasajeros? —dijo Cindy—. Yo quisiera ir al *free shop*, antes de que cierre.

—Está bien. Cuando termine de servir ese refresco, voy a hacer el anuncio —dijo la azafata vacía.

—No —la corrigió Cindy—. Cuando termines no: ahora. Ahora, vas a hacer el anuncio. Después de hacer el anuncio, entonces vas y servís el refresco.

—No, Cindy —persistió la otra—. Si hago eso, el jugo va a llegar al estómago de los pasajeros sin una sola molécula de vitamina C.

—Eso no importa: ellos no toman el jugo por la vitamina, sino para entretenerse. Además, yo soy tu jefa y tenés que hacer lo que yo diga, carajo —Cindy empezó a enojarse y el enojo creció rápidamente en forma parabólica —. ¿Sabés una cosa? No vas a servir ningún jugo —de un manotón, arrojó todos los vasos al piso—. Vas a hacer el anuncio, y nada más.

Para evitar cualquier respuesta de la otra, Cindy salió del cubículo. Corrió la cortina azul y caminó por el pasillo, entre los pasajeros, hasta detenerse junto a un hombre que tenía puesto en la cabeza, a modo de turbante, un maltrecho harapo del color de las flores del jacarandá, aunque en algunos segmentos el trapo tenía nítidos reflejos lilas.

—Perdone, señor —dijo Cindy—, ¿no sería tan amable de prestarme cuarenta dólares? Me quedé sin un centavo, y el *free shop* está a punto de cerrar. Le prometo devolvérselos ni bien toquemos tierra. Tengo mi cartera en el guardabultos del aeropuerto.

—Sí, sí, por supuesto —le contestó él—. Pero ocurre que, desgraciadamente, no tengo ese dinero.

—Comprendo. Disculpe —dijo ella, y se fue a mendigar algunas filas más adelante.

—Esa chica... —dijo el compañero de asiento del que tenía la piltrafa en la cabeza— ...no sé, me recuerda a una famosa actriz de cine, pero no puedo darme cuenta de a cuál.

—¿Mary Crosby? —contestó el otro, con convicción, pese a estar haciendo una pregunta.

—No —la réplica también denotó certeza.

—¿Bonnie Bedelia?

—No.

—¿Maribel Verdú?

—No.

—¿Alexandra Paul? ¿Nicolette Sheridan?

—No, tampoco.

—¿Priscilla Lane?

—No, no es Priscilla.

—¿Dinah Manoff?

—No, no es Dinah.

—¿Julie Haggerty? ¿Glenne Headly?

—¡No, no! —el hombre empezó a preocuparse seriamente por el tema. Su ceño se frunció, y empezó a frotar con la yema de sus pulgares las de sus otros dedos, a un ritmo tan rápido como irregular.

—¿Frances Sternhagen?

—No.

—¿Aimée Brooks?

—¡No!

—¿Daniela Bianchi?

—¡No! ¡No! ,No!

—Meg Foster.

—¡Sí! ¡Meg Foster! ¡Sí! ¡Meg Foster! —el hombre se puso bruscamente de pie y agitó los antebrazos, con los puños cerrados, en gesto triunfal, pero enseguida, descorazonado, volvió a sentarse, diciendo:— no, no, no es Meg Foster. Es una parecida, pero no es Meg.

—¿Meg Ryan?

—No, nada que ver.

—¿Madeleine Stowe?

—No, mijito.

—¿Anabella Sciorra?

—No. Hubiera sido bueno, pero no.

—¿Heidi Bruhl?

—No, che.

—¿Claudia Christian?

—Basta. Déjeme pensar.

—¿Angela Luce?

—No me dé más nombres, por favor. Necesito concentración —el hombre hundió la cabeza en el interior de su saco, que era de color ámbar, a cuadros limitados por rayas negras.

—¿Gloria Demassi?

—No siga, *monsieur* —el hombre volvió a asomar la cabeza—. La tengo en la punta de la lengua. Creo que si usted guarda silencio, la voy a sacar.

—¡Silvia Pinal!

Esto le valió al hombre de la piltrafa un golpe de puño en la cara. Pero persistió:

—Jean Seberg. Candice Bergen.

El otro volvió a esconder la cabeza en su saco.

—¡No aplique la política del avestruz! —lo regañó el vecino, llevándose la mano a la cara, en vano intento por contener el dolor, que empezaba a hacerse sentir.

En eso, Cindy apareció corriendo por el pasillo y gritando:

—¡Socorro, hay un accidentado! ¡Por favor, alguien que pueda intervenir!

Un hombre se levantó de su asiento. Era alto, fornido, tenía pobladas patillas y vestía una campera de raso magenta. Llevaba, además, una gorra con una visera vencida que le caía sobre el rostro, ocultándoselo por completo.

—¡Soy chofer de una ambulancia! —dijo— ¡dónde está! ¡dónde está el accidentado!

Cindy lo condujo hasta el final del pasillo y abrió la puerta. Quedó verde, porque el cuerpo de hombre que pocos instantes atrás había visto tendido en el piso junto a la escalera, ya no estaba ahí.

—Qué sucede —dijo el chofer de la ambulancia, observando la extraña coloración en el rostro de la azafata.

—No... nada... estaba acá, estoy segura de que estaba acá.

—Señorita, a usted le pasa algo —el hombre le agarró una muñeca para tomarle el pulso—. Cuando uno se pone amarillo, es porque hay problemas con el hígado, pero usted está verde...

—¿Qué?

—Sí. No sé —él le soltó la muñeca—. No recuerdo cuál es la enfermedad que produce ese síntoma. ¡Espere! Creo que la orina se torna verde cuando se tiene exceso de vitaminas. Pero usted... no, usted tiene verde la piel, no la orina. ¿O quizá la orina también? Hágame un favor, señorita: trate de orinar. Debemos analizar todas las posibilidades.

—¿O sea que después va a pedirme que cague, también? —Cindy hizo un ademán de fastidio—. Hágame un favor —dijo en seguida, tajante:— préstame cuarenta dólares. Tengo que hacer unas compras en el *free shop*.

El chofer la agarró de un brazo y la arrastró escaleras abajo.

—Nada de *free shoop* —le dijo—. Usted está enferma y tiene que ir al médico. ¡Vamos!

Ella se resistió pero no pudo evitar que él la hiciera descender varios pisos y meterse en un gran salón, donde había dos largas hileras de camas, todas ocupadas hasta donde Cindy podía ver. Un elegante

93

vejete trajeado, que llevaba puestos dos monóculos, les salió al paso.

—¿Qué sucede? —les dijo—. Ya estamos por cerrar.

—Doctor, observe a esta joven —le dijo el chofer, sin soltar a Cindy—. ¿Qué le parece?

—Me parece bien. Es bonita. Pero llévatela, Sacarías. Ya tengo demasiadas, aquí.

—¡Usted no entiende, doctor! Es que ella...

Cindy se liberó bruscamente de la mano del chofer y corrió hacia una de las camas, donde yacía inerme un gigantesco hombre calvo, doblado en cuatro, como única forma de caber allí.

—¡Es éste! —gritó ella—. ¡Este es el hombre que estaba junto a la puerta de la sala de pasajeros!

—No me sorprende en absoluto —dijo el médico, acercándose—. Como usted bien lo dijo, esto que ve es un hombre, y el hombre, como animal que es, es capaz de desplazarse. Yo me atrevería a asegurar, señorita, que este hombre, en el transcurso de su vida, no sólo pasó por ese lugar que usted menciona, sino que debe haber recorrido muchos más. ¡Quién sabe! La *tour* Eiffel, quizá. O el Nilo, ¡o Chichén Itzá! Ya llegará el día en que los necrólogos, con sólo ver el rostro de un cadáver, podamos determinar qué lugares visitó mientras tuvo vida.

—Lamento discrepar con usted, doctor —dijo entonces el chofer—, pero los cadáveres no tienen vida.

—¿No? Ha ha ha ha —rió afrancesadamente el doctor—. Se ve que tiene usted muy poco mundo, mi amigo. Venga, voy a mostrarle una cosa.

El doctor se hizo seguir por el chofer y por Cindy

hasta una cama ocupada por un individuo morocho, gordo, lampiño y con una papada que eclipsaba el cuello de la camisa que tenía puesta.

—Este es Ciclamatus —dijo el doctor, y exhortó al chofer a tomar el pulso a ese cuerpo, para comprobar que estaba muerto. El chofer trató de asir la muñeca del individuo, pero por más que lo intentó cuatro y cinco veces, no pudo conseguirlo. Su mano terminaba cerrándose sobre sí misma, y no sobre aquella muñeca.

—¿Se convenció? —le preguntó el doctor, y como el chofer asintió, continuó:— exactamente. Este hombre no tiene pulso. Está muerto por donde se lo quiera mirar. Y sin embargo —el doctor acercó su boca a una de las orejas del difunto y susurró estas palabras :

—Ciclamatus, levántate. Vamos, remolón. Pon a bailar esos gusanos.

El tal Ciclamatus se incorporó bruscamente en la cama. Cindy y el chofer de la ambulancia dieron un paso atrás.

—¿Qué dicen ahora, ¿eh? —preguntó el médico con orgullo.

—Lo que importa no es lo que digamos nosotros —le contestó Cindy —, sino ver si él —señaló a Ciclamatus—, además de moverse, es capaz de hablar.

—Es capaz de hablar tan bien como usted o como yo, e incluso mejor. Muéstrales, Ciclamatus —el doctor hizo un extraño gesto, moviendo en pequeños círculos el índice de su mano derecha junto a su boca, como si Ciclamatus no hubiese podido oírle. Este, sin hacerse esperar, dijo con voz clara :

—Trinidad Tobago.

Y miró al doctor, esperando alguna clase de aprobación.

—¿Eso es todo? —dijo Cindy, y emitió una risita de suficiencia.

—Deciles algo más, Ciclamatus —pidió el médico—. Estos todavía no escarmientan.

—Carmen come carne cruda de carnero kurdo —dijo Ciclamatus.

—Eso no está mal —opinó el chofer—, pero pudo habérselo aprendido de memoria.

—Memo muerde la mama de mamá mamut —dijo entonces el ocupante de la cama contigua a la de Ciclamatus. Era un hombre vestido con un piyama negro, que contrastaba con el blanco de sus labios.

—Nadie te pidió tu opinión, Arturologio —le dijo el médico.

—¿Este también está muerto? —el chofer se acercó con sigilo a la cama del tal Arturologio.

—Por supuesto. Puedo mostrarle el acta de defunción, si es necesario.

—No, gracias —dijo el chofer—. No quiero papeles, quiero hechos. Realidades tangibles.

—Tenga en cuenta que el papel es un soporte de alta durabilidad —le espetó el médico—. Hay papeles que se conservan escritos desde hace más de un milenio. En cambio, mis disquets de computadora a veces se corrompen a los pocos meses de uso .

—¿Tiene computadora? — le preguntó Cindy.

—Dora computa los puntos del turf —dijo Ciclamatus.

—César cesará de ser zar de Zaire —contestó raudamente Arturologio.

—La tía de Augías se hacía sangrías porque sufría de pleuresía —retrucó Ciclamatus.

—¡Basta, no compitan entre ustedes! —rezongó el médico.

—La bala de la mála de Madelón quemaba la mano de Alén Delón —dijo Arturologio, tratando de que por ventriloquía pareciera que era Cindy quien había hablado.

—No los provoque —dijo a ésta el médico—. Esto podría poner en peligro su equilibrio síquico.

—Si Quico comía kiwi, Cuqui mascaba moco —dijo Ciclamatus; se había puesto nervioso y le temblaba la papada.

—Papá lavaba la manga blanca de la bata de alpaca con grasa de vaca de Marmarajá —contestó Arturologio, con los labios oscurecidos por el esfuerzo.

—Si me permiten —intervino Cindy—, yo quisiera informarles que el *taumaturgo toma mate amargo y goma de mascar.*

—Sí —concedió el médico—, pero tenga en cuenta que *en Cuba Cuca nunca arruga la nuca.*

Ciclamatus, cuan gordo era, se puso entonces de pie y exclamó heráldicamente :

—¡Aprisa, princesa, tu principal procónsul predica diatribas tras el ciprés!

Ante esto, el chofer de la ambulancia se llevó las manos a las orejas, para cubrírselas, y yendo hacia la puerta, dijo:

—Me van a perdonar, pero esto me supera.

Arturologio saltó de su cama y corrió tras él, gritando:

—¡No huyas, truhán! ¡Te presto mi catre!

El chofer se lanzó escaleras arriba, y pisando solamente los escalones correspondientes a números ordinales primos (contando como escalón número cero al primer rellano de la escalera), logró despistar y perder a Arturologio.

Al dejar de sentirse perseguido, el chofer abrió la primera puerta que tuvo a su alcance, y se encontró en un salón donde varias personas que le eran desconocidas (aunque por la forma en que vestían y se desplazaban, y también por la forma que en se quedaban quietas, le inspiraban un cierto aire de familiaridad ; no eran jíbaros ni dobuanos) se dedicaban a observar con suma atención y desde todos los ángulos posibles, unos objetos aparentemente hechos de barro cocido que descansaban sobre pedestales acordes al tamaño de cada uno. Algunos tenían formas reconocibles. Otros no. Y un tercer grupo de objetos tenía formas que en un primer golpe de vista daban la impresión de ser no solamente reconocibles sino también reconocidas, pero que miradas más atentamente resultaban por completo extrañas. Finalmente, había un cuarto grupo que provocaba una cadena de reacciones sucesivas de reconocimiento y extrañamiento más extensa. A este grupo pertenecía quizá cierto objeto, de gran tamaño, porque cuando el chofer lo vio, su reacción fue gritar :

—¡Carlos!

Pero menos de tres segundos después, se encontraba a sí mismo diciendo:

—Disculpe, señora.

Para enseguida desdecirse, seguro de que no estaba ante una mujer sino a la izquierda de un horno de microondas.

Luego, otro objeto llamó su atención. Estaba tendido en el piso, sin descansar sobre ningún pedestal. Tenía forma humana, tanto al primer golpe de vista como a todos los siguientes que el chofer le propinó. También al tacto, al olfato y al gusto el objeto acusaba naturaleza humana. Pero al oído no. El chofer llegó a la conclusión de que se trataba de un hombre, pero que estaba muerto. Posteriores estudios le permitieron determinar, por los rasgos de la cara, que el sujeto, pese a la coloración púrpura de su piel, era un chino. Y en esa determinación estaba cuando se le acercaron dos hombres. Uno tenía sobre la cabeza una gorra con el emblema de la compañía aérea, pero tachado con una cruz. El otro tenía la cabeza descubierta, era calvo, y su cráneo era perfectamente chato, como una meseta que se elevaba apenas uno o dos milímetros por encima de las cejas: el individuo no tenía frente.

—¿Puedo ayudarlo en algo, señor? —dijo al chofer el primero de estos hombres.

—Estaba mirando este cadáver —respondió—. Me sorprende que, habiendo tanta gente, acá nadie repare en él.

—¿Reparar? —dijo el otro, azorado—. No, eso es imposible. Este hombre no se puede reparar: está muerto. Pero permítame presentarme, señor —tendiendo la mano, declaró con orgullo:— soy Dante. Vian Dante.

—Encantado —dijo el chofer.

—Y éste es mi asistente, Boris Alighieri —agregó el otro, aludiendo al de la cabeza chata, quien no dio señal alguna de saludo—. Yo soy quien dirige esta galería. ¿Está interesado en adquirir alguna de nuestras cerámicas?

—N... no, realmente no —se excusó el chofer—. Yo... entré aquí por casualidad.

—Comprendo —Dante le puso un brazo sobre los hombros y lo impulsó cariñosamente a caminar hacia la puerta—, la cerámica no es para usted. No todos tenemos la misma sensibilidad para los objetos de arte. Quizá usted estará más interesado en visitar el *free shop*, señor. ¿Puedo preguntar quién es usted? —y a modo de explicación del sentido que daba a esa pregunta añadió : —A qué se dedica.

—Soy chofer de una ambulancia —dijo el otro.

—De qué ambulancia —preguntó entonces Boris Alighieri, que los había seguido.

—Bueno... no sé... ¿alguno de ustedes podría decirme si hay alguna playa de estacionamiento, aquí?

—No —dijo Dante, y dirigiéndose a Alighieri, preguntó—: ¿tú tienes noticia de alguna playa de estacionamiento?

—No. Ninguno de mis teletipos registra nada de eso —fue la respuesta.

—Sin embargo —replicó el chofer— ustedes, para traer toda esta cerámica, tienen que haber usado algún vehículo. ¿Dónde lo estacionaron?

—Todo eso quedó atrás, mi amigo —contestó Dante—. El camión nos dejó en el aeropuerto y se fue. Nosotros cargamos la cerámica en este avión, y ahora el vehículo que la transporta es el propio avión, ¿comprende? No sé si usted es realmente consciente de que se encuentra a bordo de un avión.

—Sí —dijo Boris Alighieri—, este chico parece

100

creer que está en el Salón Municipal de Exposiciones de Buenos Aires, o en la Criolla del Prado de Montevideo.

—Si, o en el Lincoln Center de Nueva York — acotó Vian Dante.

—O mismo en las Cataratas del Iguazú —sugirió el otro.

—No. Yo creo que nuestro hombre se comporta como si estuviera en el Mercat de las Flors, en Barcelona.

—O en el hotel Hilton, en Tegucigalpa.

—Sé muy bien dónde estoy, señores —dijo el chofer, molesto—. No discutan inútilmente.

—No estamos discutiendo —le contestó Alighieri agresivamente—; el continuo uso que hacemos de la conjunción "o" muestra que cada uno de nosotros no niega la proposición del otro, sino que la amplía.

—La revitaliza —agregó Dante—; la alimenta con alternativas que la preserven del casi seguro fracaso que espera a todos los que se juegan a una sola carta.

—Sí, nosotros siempre tratamos de jugar a varias puntas . El señor —Boris señaló a Dante—, por ejemplo, no solamente dirige esta galería de arte, sino que es el comandante de este avión. El tiene jurisdicción sobre todos los que vamos a bordo del "Brisas del Arapey". Este avión se llama así, ¿no es cierto, mi comandante?

—Sí, Boris, así es —condescendió Dante—, pero usted exagera : no tengo jurisdicción sobre todos. Sé de buena fuente que un integrante del directorio de esta compañía aérea se encuentra a bordo, de incógnito.

Además, a decir verdad, ya no tengo jurisdicción ni autoridad sobre nadie, porque fui destituido. Ya no soy más el comandante de este avión.

—Para mí usted siempre lo será, jefe —dijo el otro, con los ojos bañados en lágrimas.

—Para mí no —dijo el chofer, y abandonó el salón.

Encontró enseguida la escalera y se puso a subir los escalones primero de dos en dos, después de tres en tres, de cuatro en cuatro, de cinco en cinco, y luego, como sus piernas no le daban como para subir de seis en seis, empezó a hacerlo de dos en tres. Después lo hizo de dos en cuatro, de dos en cinco, de dos en seis, y así sucesivamente hasta llegar a "de dos en siete", momento en que cambió de sistema para ponerse a subir de tres en dos. Continuó luego de tres en tres, de tres en cuatro, de tres en cinco, y así hasta llegar a hacerlo de cuarenta y siete en veintitrés.

Llegó así hasta un sector del avión que hasta entonces no había tenido oportunidad de conocer. Era una sala con asientos para pasajeros, muy similar a aquella en la que él tenía su lugar. Pero ese lugar, en esta sala (o, mejor dicho, su homólogo), estaba ocupado por otra persona. Era una mujer de unos treinta y seis años, vestida con un ajustado *tailleur beige*, que casi no se le veía a causa de la gran cantidad de negros cabellos que, originados en su cabeza, habían crecido hasta tocar la cintura prácticamente en toda su circunferencia.

El chofer iba a buscar algún lugar libre, para sentarse, cuando observó que en el bolsillo que correspondía al asiento de la mujer del *tailleur beige*, había una revista que le pertenecía a él. Dedujo de esto que no se encontraba en otra sala de pasajeros, sino en la misma donde había viajado antes, que era probablemente la única, ya que —se dijo— él nunca había visto aviones que fueran como esos ómnibus urbanos que hay en Inglaterra, que tienen dos pisos.

Animado por esta consideración, encaró a la mujer del *tailleur*:

—Perdone, señora, pero ése es mi asiento.

La mujer lo miró como si él fuese un niño pobre que entra a vender estampitas en un café, y sacando un boleto de su bolsillo, se lo mostró y le dijo :

—Este es un boleto de clase A, ¿lo ve? Es válido para cualquier asiento.

—¿Aunque esté ocupado? —protestó él.

—Está bien —dijo ella, con el tono de una maestra de escuela que aprendió a domesticar su odio hacia los niños—. Usted asegura que este asiento es suyo. Espero que pueda demostrarlo —y se apoderó de la revista que había en el bolsillo del asiento—. Dígame qué hay en la página veinte de esta revista.

El chofer se agarró el mentón entre el pulgar y el índice de su mano diestra, para ayudarse a pensar.

—Creo que en esa página el doctor Estévez explica por qué ciertas modalidades de acné, contraídas después de los sesenta años, inhiben temporalmente èl crecimiento de las uñas de los pies —arriesgó.

—¿El doctor Estévez? —el rostro de la mujer se iluminó, porque ella encendió la luz correspondiente a su asiento, para ver bien la revista —. ¿Se refiere al doctor San Nicolás Estévez?

—Sí. Ese mismo.

—¡Yo lo conozco! —la mujer corroboró que la página veinte, en efecto, tenía un artículo de ese autor—. Es el decano de la facultad de medicina donde yo estudio.

—¿En serio? ¿Usted lo conoce personalmente? —el chofer sacó de un bolsillo de su chaqueta una lapicera y la ofreció a la mujer—. ¿Usted podría pedirle... un autógrafo para mí? El es mi ídolo ; yo siempre lo admiré.

—Escuche —dijo ella, aceptando la lapicera—, voy a hacerle una propuesta: ¿qué le parece si compartimos el asiento? Así podemos seguir conversando, sin que usted se canse ni corra el riesgo de ser amonestado por alguna azafata que lo vea.

—Con mucho gusto —dijo él, y se acomodó como pudo en el estrechísimo espacio dejado libre por la mujer. Pero le fue muy difícil mantenerse en alguna posición—. Qué le parece —dijo entonces— si abrochamos el cinturón de seguridad. Así quedo bien asegurado en el asiento.

—Como guste —contestó ella—. Y no me importa que la gente nos vea así, tan juntos. Tengo derecho a hacer lo que quiera, después de lo que hizo mi marido.

—Qué hizo— el chofer, para estar más cómodo, pasó su brazo por los hombros de la mujer.

—Tuvo una aventura. Me lo confesó ayer, y en ese mismo momento lo dejé. Por eso estoy aquí. Yo ni siquiera sé adónde se dirige este avión. Sólo quiero alejarme lo más posible de mi marido. ¡Si usted hubiera visto la desfachatez con la que me contó su aventura! Voy a contársela, si usted me permite. Me gustaría conocer su opinión.

104

El chofer accedió, y tocó suavemente con sus labios una zona del cuello de la mujer que no estaba cubierta por los cabellos.

—Espere —dijo ella—. Si usted alcanzara a meter su mano en el bolsillo izquierdo del saco de mi *tailleur*...

—Sí, creo que llego —dijo él.

—Tengo una peineta, ahí. Démela. Así podré recogerme el pelo y usted podrá disponer plenamente de mi cuello.

El encontró la peineta y ella pudo, después de varios minutos de arduo trabajo, realizar la operación. Entonces inició su relato:

—Mi marido, el doctor Sagardúa, tenía que ver a uno de sus pacientes, que estaba internado en un hospital de la localidad de South-Republic.

—Espere un momento —la interrumpió el chofer—. Usted dice que su marido es el doctor Sagardúa. Entonces, ¿Sagardúa es su apellido de casada?

—No, yo siempre me llamé Sagardúa. Por lo menos, hasta donde llegan mis recuerdos. En realidad no sé quién empezó antes a llamarse así, si mi marido o yo. De todos modos no importa. Bueno, la cuestión es que mi marido viajó en helicóptero para llegar a ese hospital, porque el paciente estaba grave y sólo él (mi marido) estaba suficientemente familiarizado con los pormenores del tratamiento requerido. Pero cuando sobrevolaba la región de Saint-Briñones, el helicóptero sufrió una avería y debió descender, en medio de una frondosa jungla. Mi marido fue inmediatamente detenido, para averiguaciones, por un grupo de aborígenes, que lo llevaron a su aldea. El trató de comprar su libertad ofreciendo sus servicios de médico, pero ellos le contestaron que eso era lo que menos precisaban, porque tenían un curandero tan eficiente que hasta muchos forasteros venían desde países remotos para atenderse con él. Por esos mismos días había venido uno, y lo llevaron a conocerlo. Cuál no sería la sorpresa del doctor Sagardúa al ver que el forastero enfermo no era otro que aquel paciente que supuestamente lo esperaba en el hospital de South-Republic. Mi marido le preguntó si había sido secuestrado, o sacado del hospital por la fuerza, y él le contestó que no, que había huido de allí porque no confiaba en la medicina occidental, y sabía que aquel curandero de la jungla sería capaz de curarlo. Mi marido le porfió que no y que no, que sólo él conocía el tratamiento para curarlo y entonces los aborígenes, divertidos por la discusión, dispusieron que su curandero y mi marido compitieran para ver quién conseguía primero la remisión de los síntomas del paciente.

—Perdone —dijo el chofer— pero ¿cómo supo su marido que ese señor era su paciente del hospital? El nunca lo había visto, antes.

—Lo supo, justamente, por los síntomas de la enfermedad, que es muy poco común. El enfermo pierde los ojos y la boca, y la nariz empieza a crecer y a deformarse hasta parecer una naturaleza muerta de Cézanne. Y bueno, mi marido aceptó el desafío, siempre que le permitieran viajar a South-Republic para procurarse un botiquín con el instrumental y los medicamentos que necesitaría para poder trabajar. Los aborígenes se mostraron razonables ante esta petición y no sólo dejaron partir al doctor, sino que le asignaron un guía, porque salir de la jungla de Saint-Briñones no es tarea fácil. Fíjese que, pese a la extrema pericia del guía (que supo apañárselas tanto con las fieras depredadoras como con las arañas venenosas, a las que se comía fritas en aceite de víbora de cascabel, o de cualquier otra que se encontrara en su camino) tardaron noventa días y noventa noches en llegar. Cuando lo hicieron, al guía le gustó tanto South-Republic que quiso permanecer allí, y se negó terminantemente a volver con mi marido y el botiquín a su aldea. El doctor Sagardúa intentó hacerlo solo, pero al mes de estar cortando ramas para poder avanzar, se cansó y, vendiendo el botiquín a otro grupo de nativos que encontró, a cambio de cuarenta libras de mineral de oro, regresó a South-Republic, cambió el oro por papel moneda, compró un boleto de avión y regresó a casa.

—Perdone, señora —dijo el chofer—, pero ¿cómo se llama su marido?

—Sagardúa —dijo ella, un tanto sorprendida por la pregunta.

—Sí, ya sé —dijo él, con una sonrisa de suficiencia—, pero lo que le pregunto es cuál es su nombre de pila.

—Ah, no sé —contestó ella—. Yo siempre lo conocí como el doctor Sagardúa.

—Pero ¿cómo lo llama usted a él?

—Lo llamo "doctor".

—¿Están casados y usted lo llama "doctor"?

—Sí, "doctor". A veces, incluso, lo llamo "doctor Sagardúa". Y él a mí me llama "doctora", y a veces "doctora Sagardúa".

—Pero cuál es su nombre de pila.

—¿El mío? —la doctora se ruborizó—. Me da mucha vergüenza decírselo. Además, para serle franca, no lo recuerdo. Todo el mundo me llama "doctora" o "doctora Sagardúa".

—Pero entonces, si no recuerda su nombre, ¿por qué le da vergüenza decírmelo?

—Tiene razón — dijo ella —. Qué tonta soy.

Y su cara retornó al color natural.

7

Mercedes Nario se vio de pronto frente a una muchacha ataviada con un atuendo igual al de las azafatas, pero de color azul en lugar de negro. como era el de aquéllas. Esta imagen no concordaba con la de los últimos instantes que Mercedes había vivido. ¿Qué había pasado con el urso que vestía *short* y camiseta?

—Ah, eso ya fue superado —le dijo la muchacha, como si hubiese leído sus pensamientos.

Al ver que se encontraba en algún trecho de un laberinto de góndolas repletas de surtidas mercaderías, Mercedes coligió que estaba en el *free shop*.

— Qué preciosas medias —dijo, acercándose a un maniquí que tenía las piernas cubiertas por una especie de tejido mosquitero.

—No dé un paso más —le dijo la muchacha del uniforme azul, y se fue por uno de los pasillos que había entre las góndolas. Un minuto después regresó, trayendo una alfombra roja, que desenrolló frente a Mercedes—. Ahora sí puede pasar, *madam* —le dijo, componiendo una sonrisa auténtica pero comprada a muy bajo precio.

—Gracias —dijo Mercedes—, pero debe haber un error. Yo nunca fui tratada con tanta distinción.

—No se trata de ninguna distinción, tarada —le dijo la otra, con voz de vino tinto—. Así tratamos a todos nuestros clientes.

—¿Tengo que enojarme, o a todos les decís "tarada", también?

—Si, mi amor. A todos y a todas —la muchacha puso ahora voz de Martini *rosé*.

—Está bien. Pero yo no soy clienta, ya que no voy a comprar nada.

La muchacha sacó de una de las mangas de su saco una varilla metálica.

—Eso está prohibido —dijo, con voz de agua mineral sin gas—. Comprar hay que comprar. Aproveche, que acá vendemos con el sistema *duty free*, o sea libre de impuestos.

—No tengo dinero —contestó Mercedes, con el orgullo de quien se sabe pobre pero honrado—. Además esto es un *free shop*, ¿no? Eso significa compra libre.

—Sí, libre de impuestos —aclaró la otra, con voz de vino clarete—, pero la compra en sí es obligatoria.

—No me pueden obligar a comprar, si no tengo plata.

—Dijiste que te gustaban estas medias —dijo la muchacha desnudando las piernas del maniquí—. Pues bien: son tuyas —las puso en manos de Mercedes.

—No puedo comprarlas —dijo ella, dejándolas en una góndola, sobre paquetes de algodón.

—Vamos, son baratas —insistió la otra.

—¡No! Además no quiero. Si no las quiero, no tengo por qué comprarlas.

—¡Cómo! ¿No era que te gustaban? ¡Dijiste que eran preciosas!

—Eso no implica que yo las quiera para mí.

—Pero las tocaste —dijo la muchacha de azul, dirigiendo a Mercedes un dedo acusador—. Tus huellas digitales están en esas medias. Ahora ya es tarde para decir que no. Tenés que comprarlas, te gusten o no te gusten. Da gracias a Dios de que te gusten. Al menos eso fue lo que dijiste hace un rato.

—¿Pero no entendés que no puedo pagarlas?

—Podemos darte facilidades. Este *free shop* tiene varias líneas de crédito. No nos gusta que nadie, por estar sufriendo algún revés en su situación económica, se quede sin llevarse lo que tanto le gusta.

—Te voy a decir una cosa —Mercedes habló con voz de aceite de hígado de bacalao—: esas medias me gustaban, pero ahora, por culpa tuya, me dan asco. El mismo asco que me das vos.

La muchacha blandió la varilla metálica en dirección a Mercedes y dijo con voz de hipoclorito de sodio :

—El sistema de mercado no puede funcionar con compradores histéricos, que cuando ven una mercadería empiezan que sí, que no, que me gusta, que no me gusta, que me la compro, que no, que ahora no, que tal vez mañana, que mejor no, que el antojo me viene, que se me va, que te pago, que no te pago, que si aceptan Américan Estrés, que este mes ya me pasé del liímite, y que la concha de tu madre y que la puta que te parió.

Dicho esto, de la varilla metálica salió una especie de rayo luminoso que envolvió a Mercedes y la dejó inmóvil y centelleante. La muchacha de azul, entonces, descolgó un teléfono que había en una de las góndolas y dijo :

—Aló, aló, señorita Cindy, por favor, si se puede presentar en el *free shop*, que tenemos retenida a una infractora.

Enseguida apareció Cindy. Era una muchacha rubia, maciza, bien formada y su cabello era negro como el pulmón de un fumador. Tenía puesto el uniforme de las azafatas, con el agregado de unas charreteras que indicaban alta jerarquía.

—Qué pasa —dijo.

—Esta mujer compró un par de medias y no lo quiere pagar —dijo la muchacha de azul, y tanteó en su bolsillo para asegurarse de tener pilas de repuesto, para recargar su varilla en caso de emergencia. No recordaba cuándo le había puesto pilas por última vez.

—Va a haber que encerrarla hasta llegar a tierra —dijo Cindy—. Luego la derivaremos a alguna cárcel de máxima seguridad.

—¿Y en caso de amerizar, qué hará con ella? —preguntó la otra—. Disculpe, pero es que oí ciertos rumores según los cuales...

—En caso de amerizar— le dijo Cindy con voz de salsa tártara— se la vamos a dar como merienda a los tiburones. Y a usted también, si sigue corriendo ese rumor.

—Pero entonces...

Cindy arrebató de manos de la muchacha la varilla metálica y la accionó en dirección a las piernas de

Mercedes, desinmovilizándole sólo esas extremidades. En ese estado, la obligó a caminar hasta salir del *free shop*, y a bajar por las escaleras hasta el calabozo. Pero cuando quiso abrir la puerta de éste, oyó una especie de voz como de cerdo, que le dijo:

—Está ocupado.

—Maldición —dijo Cindy, y arrastró a Mercedes escaleras arriba, hasta entrar a la sala de pasajeros, por cuyo pasillo la fue empujando.

—Ahí está otra vez —dijo el escribano Horias al verla pasar.

—Quién —le preguntó su vecino de asiento, el que tenía en la cabeza una piltrafa del color de las flores del jacarandá.

—Esa maldita azafata. Me recuerda a una famosa actriz de cine, pero no me puedo dar cuenta de a cuál.

—¿Beatrice Arthur? —contestó el otro, convencido de que el escribano diría que sí.

—No.

—¿Linda Purl?

—¿Linda Purl? —repitió el otro, sonriente—. Que simpática, Linda Purl. Pero no. No es Linda Purl. ¿A usted le parece que aquella azafata se parece a Linda Purl?

—No —dijo el de la piltrafa en la cabeza—. Yo creo que se parece a Judy Morris.

—¡No! Puta madre, no puedo recordar a quién me recuerda.

—A Greta Scacchi.

—No.

—A Helen Slater.

—No, hombre.

—A Kathryn Grant.

El escribano suspiró, nostálgico, y dijo un "no" que parecía haber sido capaz de entregar una fortuna a cambio de poder sonar como un "sí".

—Caroline Munro —insistió el otro.

—No —contestó el escribano, y una lágrima ácida salió de uno de sus ojos y le hizo en el pómulo de ese lado una dolorosa perforación.

—Rachel Ticotin.

—No.

—Phoebe Cates.

—Nopo.

—Dorothy Christie.

—Esa no recuerdo quién es.

—Entonces puede ser ella.

—¿Sí? Por qué.

—Porque la persona a quien la azafata le recuerda es una persona que usted no recuerda. Por lo tanto, debe buscarla entre las personas que no recuerda, no entre las que recuerda.

—Puede ser... déjeme pensar... Dorothy... Dorothy... mmm... no sé... —el escribano empezó a rascarse la cabeza, pensativo— ... Dorothy... Dorothy Malone... o quizá se trate de la película "Malone", con Burt Reynolds. No; a ése lo recuerdo bien. ¡Ya sé! Debe ser Debbie Reynolds. O Carrie Fisher, su hija. ¿A ver? Fisher... Fisher... ¡Fischerman! ¡Alberto Fischerman! Es el que dirigió "Las puertitas del señor López", con Mirtha Busnelli. Sin embargo... no, esa azafata no me recuerda a Mirtha Busnelli. Quizá a Liza Minelli. O a su madre, Judy Garland. Puta madre, creí que avanzaba pero volví a la generación anterior.

Judy Garland...o mejor ¿sabe quién? Judy Geeson, aquélla de "Al maestro con cariño", con Sidney Poitier, el de "¿Sabes quién viene a cenar?", con Spencer Tracy, el de "El mundo está loco loco loco", esa graciosa superproducción con Mickey Rooney.

—Mickey Rourke —dijo el hombre de la piltrafa.

—No, mi amigo, no. No pasa nada, con Mickey Rourke. Es puro *bluff*.

—En qué sentido.

—Espere, espere —el escribano se llevó una mano a la frente, como si hubiese sido un médium a punto de hacer contacto con alguien del más allá —, usted me hace perder el hilo de mis pensamientos. ¿Dónde estaba? Ah, sí, Spencer Tracy. O Bud Spencer, el compañero de Terence Hill, el que hizo de Lucky Luke. Aunque si hablamos de historietas llevadas al cine, lo mejor es el trabajo de Walt Disney. Yo leí sus historietas y después vi las películas de Donald y del ratón Mickey y puedo asegurarle que están bastante bastante parecidos. Por lo menos, mucho más parecidos de lo que George Reeves o Christopher Reeve pueden parecerse al Superman de las historietas, o de lo que puede parecerse a Lucky Luke ese tarambana de Franco Nero.

—No fue Franco Nero el que hizo de Lucky Luke: fue Terence Hill —dijo el hombre de la piltrafa.

—Tiene razón, no sé por qué dije Franco Nero. Debe ser porque son parecidos, tienen los mismos ojos. ¡Un momento! ¡Ya está, ya lo descubrí! —el escribano, eufórico, se puso de pie, arrancando del asiento el cinturón de seguridad que había olvidado desabrocharse—. ¡Aquella azafata me recuerda a

Franco Nero! ¡Por eso no me di cuenta antes, porque era a un actor, que me recordaba, no a una actriz! —el escribano volvió a sentarse y ahora de sus ojos surgieron lágrimas alcalinas, que afluyeron al hueco practicado antes por la lágrima ácida.

8

Cindy abrió la puerta de la cabina del comandante y empujó adentro a Mercedes Nario, inmovilizada de la cintura para arriba por el poder de la varilla metálica.

—Qué pasa —bufó Queirós, que estaba tratando de reparar el micrófono de la radio, aplicando masilla a las partes rotas.

—Esta atrofiada cometió una infracción en el *free shop*, y el calabozo está completo —dijo Cindy—. ¿Dónde la meto?

Queirós apartó su vista del micrófono y la dirigió a las dos mujeres. Enseguida arrebató la varilla a Cindy y desactivó el rayo paralizador.

—¡Uf! —suspiró Mercedes—. Ya empezaba a sufrir de tortícolis.

—¿Te parece de llevarla a juicio? —preguntó Cindy a Queirós—. No sé si el juez Ort estará disponible...

—Para empezar —la interrumpió Queirós, aunque ella no iba a decir nada más en ese momento—, creo que tu actitud para con Mercedes no se condice con la diferencia de jerarquías que media entre ustedes dos.

—De qué estás hablando —a Cindy le empezó a temblar el culo.

—Estoy hablando —retomó él— de que si bien en cierto momento esta mujer fue degradada por mantener una conducta impropia (besar a su comandante), en la actualidad ya no hay motivos para seguir sosteniendo esa sanción.

Mercedes se cruzó de brazos y miró a Cindy por sobre su hombro.

—Explicame eso, mequetrefe —dijo Cindy a Queirós.

—Es simple —él la miró despectivamente—. Mercedes fue despojada de su cargo de jefa de azafatas por besar a su comandante. Pero el señor Vian Dante, a su vez, fue destituido por besar a Mercedes. Como el señor Dante fue destituido, ya no es el comandante. Entonces Mercedes no besó al comandante. Por lo tanto, la sanción no se sostiene, y Mercedes vuelve a ser la jefa de azafatas, y por ende, tu jefa

—Y como soy tu jefa —dijo Mercedes, arrancando las charreteras del *blazer* de Cindy—, tengo el gusto de anunciarte que estás despedida.

—¿Sí? —Cindy sonrió de forma de convertir su cara en la de una foca finlandesa—. Tené cuidado, mijita, porque si me despedís ya no vas a ser mi jefa. Pero además —y al decir esto miró a Queirós—, si Mercedes había sido destituida, Dante no habría besado a la jefa de azafatas, y por lo tanto está libre de culpa, pudiendo reasumir su cargo de comandante, desplazándote a ti.

—No —contestó con firmeza Queirós—, porque Mercedes es la jefa de azafatas. Así que Dante besó a la jefa de azafatas, y su cesación del cargo de comandante sigue estando plenamente justificada.

Cindy, ofuscada, salió de la cabina. Caminaba por el pasillo que separaba los dos sectores de asientos de los pasajeros, cuando un hombre que tenía en la cabeza una especie de trapo de color violeta la interceptó, sin levantarse de su asiento.

—Disculpe, señorita —le dijo—, pero mi amigo dice que usted tiene un increíble parecido con Franco Nero, el actor italiano.

—Sí —dijo el que ocupaba el asiento de al lado—. Realmente sus facciones son idénticas. Tiene que ser su padre, señorita. ¿Lo es? O su hijo o su hermano, o su tío, o su nieto. ¿Estoy en lo cierto?

—No —dijo Cindy—. En verdad no tengo ningún parentesco con esa persona. Sin embargo mi apellido es Nero. Qué coincidencia, ¿no?

—No es ninguna coincidencia. Yo me llamo Horias, de apellido, y mi primo hermano también. Pero eso no es coincidencia : es porque él es hijo de mi tío paterno.

—Yo no tengo tíos paternos —dijo Cindy.

—Era sólo un ejemplo. Este señor, para ponerle otro ejemplo —el hombre señaló al que tenía el trapo violeta en la cabeza—, se apellida Geigy, y...

—Mi apellido es Simbad Geigy —lo interrumpió el aludido—. No Geigy. Simbad Geigy.

—Creí que Simbad era su nombre.

—No. Mi nombre es Peralta.

—Si me disculpan, señores —dijo Cindy—, yo los voy a dejar. En realidad no tengo por qué estar hablando con ustedes, ya que dejé de ser azafata de este avión.

—¿En serio? Qué pasó —le preguntó el del trapo.

—Envidias, serruchadas de patas, ese tipo de cosas, usted sabe. Escuchen... esta situación me pone en dificultades, ya que tengo varias cuentas que pagar. ¿Alguno de ustedes tendría la gentileza de prestarme cuatrocientos dólares?

—Sí, sí, por supuesto —le contestaron los dos hombres al unísono—. Pero ocurre que, desgraciadamente, no tenemos ese dinero.

—¿No? ¿Y cuánto tienen?

—No se trata de cuánto —dijo el que había dicho llamarse Horias —sino de *qué*. El dólar no es la única moneda que existe, señorita Nero. Uno puede no tener dólares y tener maravedíes, o sextercios que no sean evaluables en dólares.

—Uno puede, inclusive, ser de una época en la que el dólar ni siquiera existía —dijo el otro.

—Bueno, no me importa —contestó ella—. Denme rupias, o dinares, lo que tengan.

—Lo siento mucho, señorita Cindy Nero —dijo Horias—, pero creo que ya le dimos bastante, al dedicarle tantos minutos de nuestro valioso tiempo.

Cindy iba a replicar, cuando por los parlantes oyó una voz —que no le era conocida—, transmitiendo el siguiente mensaje :

—Señoras y señores pasajeros, rogamos ajustar los cinturones de seguridad, porque en minutos más, dada la actitud hostil de las autoridades del aeropuerto al que nos dirigimos, en vez de aterrizar en una pista, arremeteremos contra la torre de control.

Decenas de pasajeros prorrumpieron en interjecciones de toda índole. Una anciana que en uno de sus brazos tenía puesta una manga de traje de azafata se colgó del cuello de Cindy y gritó:

—Qué van a hacer, ¿matarnos a todos?

—Yo ya no trabajo en este avión —dijo Cindy, soltándose.

—Yo tampoco —dijo la anciana. Tenía puestos lentes que aumentaban cinco veces el tamaño aparente de sus ojos —Hace años trabajé como azafata, pero ahora solamente me queda esta manga.

—¡Mentira! — dijo una muchacha de tez olivácea, levantándose de su asiento para ir en pos de la anciana. Estaba completamente desnuda —. Esa manga es mía. Yo trabajaba acá.

Cindy huyó hacia el cubículo de las azafatas. Pero al entrar, resbaló en un charco de jugo de naranja que cubría el piso, y golpeándose en la cabeza, perdió el conocimiento.

9

Estoy verdaderamente sorprendido —dijo Simbad Geigy— por la amabilidad con que trató usted a esa atrevida de Cindy Nero. Yo, cuando nos pidió plata, le hubiera zampado unos buenos bifes.

—Pero no lo hizo —contestó el escribano Memphis Horias, siempre vestido con su característico traje a cuadros de color ámbar separados por rayas negras.

—Es cierto, no lo hice —reconoció Simbad—. Pero cuando esa atrevida vuelva a pasar por acá, ya va a ver.

—No creo que vuelva a pasar. Nos dijo que fue despedida, ¿lo recuerda?

—Es cierto. Pero bueno, voy a averiguar dónde vive, y le voy a hacer una visita de cortesía. ¿Quiere acompañarme?

—No, no, gracias —dijo el escribano.

—Por qué, ¿usted no le guarda rencor?

—Un poco sí, pero yo... tengo por norma no agredir a las mujeres. Más bien trato de ser amable, con ellas.

—Sí, eso lo comprobé —dijo Simbad Geigy—

cuando esa atrevida de Cindy Nero vino a pedirnos plata. Yo, en su lugar, le hubiera zampado unos buenos bifes. No entiendo cómo se las arregla usted para mantenerse siempre tan sereno.

—Se lo voy a explicar. Resulta que en mi casa yo tengo una vastísima colección de revistas con excelentes fotografías de mujeres desnudas, tomadas desde los ángulos más diversos y en toda clase de posiciones. En estas fotografías, además, ninguna de las mujeres está sonriendo: todas están con el ceño fruncido, o con expresión de dolor o de miedo, y algunas están atadas a una cama o a un poste, o cosas así, de tal manera que cuando yo las miro, puedo imaginarme que son mujeres sobre las que yo detento un poder absoluto. Y como son varios miles de fotografías, para cualquier mujer que yo conozca en la vida real, siempre habrá una fotografía en la que cierta mujer, desde algún ángulo, se le parezca bastante. Entonces, cuando yo me enfado mucho con alguna mujer, en vez de tratarla mal a ella (lo que en mi país está penado por la ley), lo que hago es buscar la foto de alguna que se le parezca, e imaginarme que la violo, mientras me masturbo.

El Esc. Horias siguió hablando, pero Simbad Geigy dejó de entender lo que estaba diciendo. Al mirarlo, vio con sorpresa que el escribano ya no tenía boca, y que sus ojos salían de sus órbitas y caían al suelo. Enseguida su nariz empezó a crecer y a deformarse hasta parecer la Maja Desnuda, de Goya.

—¡Este hombre está enfermo! —dijo Simbad, poniéndose de pie— ¡Por favor! ¡Necesita asistencia médica inmediata!

Un hombre se levantó de su asiento y corrió hasta allí. Era alto, fornido, tenía pobladas patillas y vestía una campera de raso magenta. Llevaba, además, una gorra con una visera vencida que le caía sobre el rostro, ocultándoselo por completo.

—¿Usted es médico? —le preguntó Simbad.

—No —dijo el otro—. Pero soy chofer de una ambulancia, y eso es lo que usted necesita en este momento.

El hombre cargó a Horias sobre su hombro y empezó a caminar en dirección a la puerta de acceso a la escalera que conducía a la enfermería.

—¡Espere! —Simbad lo siguió y trató de detenerlo tironeando de su campera—. Insisto en que deberíamos tratar de encontrar un médico.

En eso, de entre las pobladas patillas del chofer saltó un diminuto individuo vestido con un traje verde. No debía tener más de dos centímetros de altura.

—¡Yo soy médico! —exclamó, aterrizando en una de las manos de Simbad—. Díganme cuál es el problema.

. —No hay ningún problema —respondió el chofer, y huyó con el enfermo, dejando a Simbad con el minúsculo médico.

—No tengo ninguna intención de hacerme cargo de este microorganismo —dijo Simbad, y caminó resueltamente hacia el cubículo de las azafatas. Pero al entrar, resbaló en un charco de jugo de naranja y cayó de bruces al piso. El médico, metido en el jugo hasta la cintura, formó con las palmas de sus mínimas manos un cuenco y empezó a beber.

—¿Se encuentra bien, señor? —dijo a Simbad,

tratando de ayudarlo a incorporarse, una azafata muy bonita, de tez olivácea.

—Sí, sí —dijo él levantándose, y observando que en el piso se hallaba tendida boca abajo una muchacha rubia, maciza, bien formada, que estaba completamente desnuda—. ¿Qué ocurrió aquí?

— No sé, no sé —dijo la azafata—. Venga, lo voy a acompañar a su asiento.

—Espere… —Simbad quiso explicarle que él no quería tener que hacerse cargo del médico, pero advirtiendo que éste se había desentendido completamente de él y que procuraba meterse de cuerpo entero en la vagina de la muchacha caída, aceptó el ofrecimiento—. Ahora voy a tener dos asientos para mí solo — dijo cuando iban caminando por el pasillo—, porque el que viajaba al lado mío se enfermó. Si usted llega a tener algún rato libre, puede venir a hacerme compañía, señorita…

—Deisy —dijo ella, sin demostrar mayor interés en la oferta de Simbad.

—Deisy qué —dijo él de mal talante, notando la falta de interés de la muchacha.

—Doreducasse —dijo ella, y dejando a Simbad en su asiento, siguió caminando sola por el pasillo y salió por la puerta que daba a la escalera. Al subir por ésta, encontró una manta color café, de las que ella y las otras azafatas habían distribuido a los pasajeros al comienzo del viaje. La recogió y abrió la primera puerta que tuvo a su alcance. Daba a un salón donde varias personas se dedicaban a observar con suma atención y desde todos los ángulos posibles, unos objetos aparentemente hechos de barro cocido que descansaban sobre pedestales cuyos tamaños no guardaban relación con los de los objetos que debían sostener. Algunos de estos pedestales tenían formas reconocibles (la forma de pedestal, concretamente), pero otros no, porque parecían mas bien hongos de la variedad comúnmente denominada "pie de atleta".

Deisy permaneció varios minutos perpleja ante este panorama, sobre todo porque por más que se esforzaba, no conseguía determinar si los objetos de barro cocido eran más grandes o más pequeños que los pedestales que los sostenían, debido a que como ya fue señalado, los tamaños de unos y de otros no guardaban entre sí ninguna relación.

Cuando su perplejidad la hastió, Deisy fijó su atención en un pedestal que se distinguía de todos los demás no tanto por el hecho ya de por sí bastante singular de que no tenía forma ni de pedestal ni de "pie de atleta", sino de pederasta, como por la circunstancia de que no servía de sostén a ningún objeto, ni de barro cocido ni de barro hervido, asado frito ni preparado a la *maître d' hôtel*. Y en la apreciación de esa circunstancia estaba Deisy cuando se le acercaron dos hombres. Uno tenía sobre la cabeza una gorra con el emblema de la compañía aérea, pero tachado con una cruz. El otro tenía la cabeza descubierta, era calvo, y su cráneo era perfectamente chato, como una meseta que se elevaba apenas uno o dos milímetros por encima de las cejas : el individuo no tenía frente.

—¿Puedo ayudarla en algo, señorita? —le dijo al oído el primero de estos hombres.

—Estaba mirando este pedestal —respondió ella—. Me sorprende que, mostrándose tan prolíficos los ceramistas que están exponiendo hoy aquí, ninguno haya plasmado una obra que pueda exhibirse sobre él.

—Hay una obra, sí, que le estaba destinada —dijo el otro—, pero ocurre que a último momento nos dimos cuenta de que poner esa obra sobre este pedestal habría constituido una flagrante ofensa contra la moral y las buenas costumbres.

—Sí —dijo el de la cabeza chata—. Fíjese que este pedestal, por un capricho del anterior director de esta galería, que era muy cabeza dura y por añadidura perdidamente homosexual, tiene forma de pederasta, y la obra que debía ponerse sobre él era nada menos que "El bufarrón", de Rhône-Milhaud.

—Pero señor, eso es ridículo —dijo Deisy—. Quien considere que la homosexualidad es inmoral censurará siempre las figuras del pederasta y del bufarrón, aparezcan éstas juntas o separadas.

—No crea, señorita —dijo el de la gorra con el emblema de la compañía tachado por una cruz—. El tema es muy complejo. Tenga en cuenta que los mismos censores que condenaron a Oscar Wilde se prosternaban ante la sola mención del nombre de Platón o del de Chaicovski. Pero estamos metiéndonos en camisa de once varas cuando ni siquiera fuimos presentados, señorita. Permítame que, infringiendo todas las reglas de la cortesía, lo haga yo primero: soy Vian Dante, director de esta galería de arte. Y el caballero es mi asistente, Boris Alighieri —el de la cabeza chata hizo una reverencia flexionando su tórax en un ángulo de sesenta grados—. ¿Puedo preguntar cuál es su nombre, señorita, y cuál su ocupación? Porque de

128

acuerdo a lo que usted me responda yo podré recomendarle la compra de una u otra de las piezas que tenemos en exposición.

—En realidad yo... —balbuceó Deisy— ...no vine con la idea de comprar. Ni siquiera sabía que aquí...

—Comprendo —Dante, interrumpiéndola, le puso un brazo sobre los hombros y la impulsó cariñosamente a caminar hacia la puerta—, la cerámica no es para usted. No todos tenemos la misma sensibilidad para los objetos de arte. Quizá usted estaría más interesada en visitar el *free shop* o el salón de masajes. Pero le diré que, aunque no tenga intenciones de comprar aquí, mi interés en saber quién es usted no decae. Le agradecería que satisficiera mi curiosidad.

—Soy azafata de este avión, señor —declaró Deisy.

—De qué avión — preguntó entonces Boris Alighieri, uniendo la yema de un pulgar con las de los restantes dedos de la misma mano y moviendo esta extremidad hacia adelante y hacia atrás, como mostrando una curiosidad condicionada por una marcada desconfianza hacia la existencia del objeto que la motivaba.

—Bueno... no sé... el avión en el que vamos viajando. El "Brisas del Arapey".

—¿Tú sientes alguna brisa? —preguntó irónicamente Vian Dante a su asistente.

—No. Ninguna de mis veletas registra nada de eso —fue la respuesta.

—Sin embargo —replicó Deisy— ustedes, para poder estar aquí, tienen que haber comprado un pasaje de avión. ¿No tienen ustedes consigo ningún pasaje de avión?

—Es muy distinto tener un pasaje de avión a encontrarse viajando en un avión —dijo Dante—. Si usted es verdaderamente una azafata, como lo pretende, debería saber eso.

—Sí —dijo Boris Alighieri—, esta chica, más que azafata, parece ser camarera de Pumper Nic.

—Sí, o inspectora municipal de tránsito de Montevideo —dijo Dante.

—O promotora callejera de la tarjeta Rindes —sugirió el otro.

—No. Yo creo que nuestra amiga se comporta como si fuera paquita de Xuxa.

—O madama de un quilombo rural.

—Sé muy bien lo que soy, señores —dijo Deisy, molesta—. No discutan inútilmente.

—No estamos discutiendo —le contestó Alighieri agresivamente—; mire : voy a demostrarle a usted lo bien que nos llevamos —dicho esto, dio a Dante un beso de amante apasionado, en plena boca. El otro reaccionó muy favorablemente a esto, y mientras sostenía con la boca el beso, con las manos empezó a sacarse su ropa, para luego empezar a desvestir a Alighieri. Deisy esperó a que, luego de ciertos juegos preliminares, la cosa pasara a mayores, y cuando esto se produjo abandonó el salón. Quiso subir por las escaleras, pero pronto debió detenerse, porque un enorme y curioso objeto le obstruyó el paso. Tenía forma de huevo, pero olía poderosamente a manzana.

—No es que tenga forma, es que ES un huevo —dijo de súbito una voz que a Deisy le sonó extraña;

130

y le sonó así porque le era conocida. Sin embargo, por más que miró a su alrededor, no pudo descubrir de dónde provenía.

—Bueno, si es un huevo —dijo Deisy—, entonces, para poder pasar, voy a tener que romperlo.

—¡No, por Owen, no lo rompas! — clamó la voz, y mientras esto sucedía, unos escalones más arriba se corporizó la figura de Merce Nario, la jefa de azafatas.

—Entonces ¿cómo hago para pasar? —preguntó Deisy.

—Haz como yo —contestó Mercedes—. Desaparece de donde estás ahora, y aparécete donde estoy yo.

—Nunca hice algo así, y me parece que requeriría un esfuerzo desmedido para lo que es la situación. ¿Por qué no puedo romper este huevo?

—Porque no es un huevo común. Es de una especie muy rara. Es un huevo de avestrúdel.

—¿Es una especie en extinción?

—No —dijo Merce—, al contrario. Es una especie en gestación. Se está gestando en este único individuo. Si tú interrumpes el proceso, el pobre avestrudelcito no verá nunca ni la luz ni la oscuridad. Yo no tendría ningún problema en que tú atentaras contra la vida de especies que se encuentren en extinción, especies que ya vivieron durante cientos de miles de años, y que por lo tanto no se pueden quejar. Pero una especie nueva no. Eso no te lo voy a permitir.

—Está bien —dijo Deisy, y empezó a esforzarse por desaparecer de donde estaba, para luego, siguiendo el consejo de Merce, aparecer en el lugar en que se encontraba ésta. Y así lo hizo, sólo que como en el lugar donde se encontraba Mercedes se encontraba precisamente Mercedes, la aparición de Deisy en ese lugar causó estragos, verdaderos estragos hasta que ambos cuerpos, unos minutos después, empezaron a aprender a tolerarse el uno al otro y, en una titánica empresa cooperativa de socorros mutuos, terciaron en reorganizarse como un único cuerpo que se autodenominó Mercy. Mercy tenía forma normal de mujer y, siendo esbelta y no obesa, pesaba sin embargo el doble que cualquier otra persona de su tamaño. Además, sus recuerdos eran historias coherentemente armadas en base a retazos de los registros mnémicos ya desintegrados de Deisy y Merce.

Mercy se encaminó escaleras arriba, pero su excesivo peso le hizo muy difícil la tarea. Tozuda, trató de continuar (Merce y Deisy no habían sido tozudas mientras vivían, pero la suma del tesón de las dos había engendrado tozudez), y entonces sobrevino el síncope cardíaco que la dejó tendida en un rellano primero, y que la hizo rodar escaleras abajo luego, hasta dejarla inerme junto a la puerta del salón de pasajeros.

10

Con permiso —dijo el individuo, y sin esperar respuesta de Simbad Geigy, ocupó el asiento dejado libre por el escribano Memphis Horias.

—No puedo darle el permiso que me solicita —dijo Simbad—. Ese asiento tiene dueño.

—Yo no le solicité ningún permiso —replicó el otro, abrochándose el cinturón de seguridad—. Ese "con permiso" que le dije fue una pura fórmula de cortesía. Además, para su gobierno, voy a decirle que no sólo éste, sino TODOS los asientos de este avión tienen dueño. Y ese dueño, según oí, se encuentra a bordo de incógnito, camuflado como si fuera un pasajero más.

—¿Y no lo es?

—Sí, probablemente lo sea. Aunque puede también que no lo sea, si su interés no está en llegar al punto de destino de este vuelo, sino simplemente en controlar cómo se desenvuelve su personal.

—En mi opinión, se desenvuelve bastante mal.

—¿Sí?

—Usted es prueba fehaciente de ello. Si yo fuera el sobrecargo, le arrancaría a usted ya mismo el culo de ese asiento, que no es el suyo.

—Es el mío, sí. Lo que pasa es que me transfiguré.

Simbad Geigy observó meticulosamente al individuo. Era delgado y oblongo, y vestía un traje color mostaza. Llevaba puestos anteojos con capacidad para dos lentes, pero sólo tenía colocado uno.

—No voy a creerle —le dijo Simbad— a menos que me dé alguna prueba de que es quien dice ser.

El otro le dio una tarjeta donde estaban impresas las fotografías de dos rostros, una rotulada con la palabra "antes" y la otra con la palabra "después". Esta última representaba fielmente al hombre, pero la otra no tenía ni remotamente que ver con Memphis Horias, ni antes ni después de contraer la enfermedad que le había deformado la cara.

—Esto no prueba nada — dijo Simbad.

—Está bien —contestó el otro, arrebatando la tarjeta de manos de Simbad y guardándosela en el bolsillo—. Pero no pienso moverme de este asiento.

—Va a tener que moverse cuando traigan al escribano Horias de la enfermería.

—¿De la enfermería? ¿Qué le pasó?

—Sufrió un... extraño síntoma.

—Descríbamelo. Yo soy médico. Quizá pueda ayudarlo.

—¿Por qué no va a la enfermería? — le sugirió Simbad.

—En circunstancias normales lo haría. Pero estoy exhausto. Usted no sabe por las que tuve que pasar antes de abordar este avión, señor...

—Miló — dijo Simbad —. Ron Miló.

Estaba cansado de repetir como un boludo "Simbad Geigy, Simbad Geigy" cada vez que alguien·le preguntaba cómo se llamaba.

—Pues bien, señor Miló. Voy a contarle lo que me pasó. Como le dije, soy médico. Mi esposa, por otra parte, también lo es. Pero ella no ejerce. Sacrificó su carrera para trabajar como recepcionista en mi consultorio.

—Qué abnegada —dijo Simbad—. ¿Usted habría hecho lo mismo por ella?

—Es que... yo soy mucho mejor médico que ella, y de común acuerdo establecimos que no tenía sentido que fuera yo quien abandonara la carrera. Además, no es común que los recepcionistas de los consultorios de las doctoras sean hombres. Bueno, pero todo esto no tiene importancia. El caso es que mi esposa recibió el aviso de que uno de mis mejores pacientes estaba grave, y lo habían internado en un hospital de la localidad de South-Republic. Inmediatamente contraté un helicóptero para llegar hasta ahí, porque no confiaba en que ninguno de los médicos locales estuviera suficientemente familiarizado con los pormenores del tratamiento requerido. Pero cuando sobrevolaba la región de Saint-Briñones, el helicóptero sufrió una avería y debió descender, en medio de una frondosa jungla. Fui inmediatamente detenido, para averiguaciones, por un grupo de aborígenes, que me llevaron a su aldea. Traté de comprar mi libertad ofreciendo todo cuanto tenía, inclusive mi virginidad rectal —tratándose de la vida de mi paciente, yo era capaz de todo—. Pero eso no les interesó; yo no era su tipo. Les ofrecí entonces mis servicios de médico, pero ellos contestaron que eso era lo que menos precisaban, porque tenían un curandero tan eficiente que hasta muchos forasteros venían desde países remotos para atenderse con él. Por esos mismos días había venido uno, y me llevaron a conocerlo. Cuál no sería mi sorpresa al ver que el forastero enfermo no era otro que aquel paciente que supuestamente agonizaba en el hospital de South—Republic. Le pregunté si había sido secuestrado, o sacado del hospital por la fuerza, y él contestó que no, que había huido de allí porque no confiaba en la medicina occidental, y sabía que aquel curandero de la jungla sería capaz de curarlo. Yo le porfié que no y que no, que sólo yo conocía el tratamiento para curarlo y entonces los aborígenes, divertidos por la discusión, dispusieron que su curandero y yo compitiéramos para ver quien conseguía primero la remisión de los síntomas del paciente. Y bueno, acepté el desafío, siempre que me permitieran viajar a South-Republic para procurarme un botiquín con el instrumental y los medicamentos que necesitaría para poder trabajar. Los aborígenes se mostraron razonables ante esta petición y no sólo me dejaron partir, sino que me asignaron un guía, porque salir de la jungla de Saint-Briñones no es tarea fácil. Fíjese que, pese a la extrema pericia del guía (que supo apañárselas tanto con los gatos monteses como con los tábanos, a los que freía con certeros disparos de su Colt 45) tardamos cuarenta días y treinta y nueve noches en llegar. Cuando lo hicimos, al guía le gustó tanto South-Republic que quiso permanecer allí, y se negó terminantemente a volver conmigo y con mi botiquín a su aldea. Yo intenté hacerlo solo, pero a los dos meses de estar cortando ramas para poder avanzar, me cansé y, vendiendo el botiquín a otro grupo de nativos que encontré, a cambio de ochenta libras de mineral de oro y de un documento por el cual ellos me cedieron el cincuenta por ciento de los derechos de explotación de sus minas, regresé a South-Republic, cambié el oro por papel moneda, compré un boleto de avión y... bueno, aquí ve usted al doctor Sagardúa en camino de regreso a su casa.

—¿Sagardúa? —preguntó Simbad—. No entiendo. Quién es.

—Soy yo mismo —contestó el otro con aire pomposo.

—Ah, pero... si es usted, no entiendo cómo habla de sí mismo en tercera persona.

—Es que... estoy tan acostumbrado a que todos me llamen "Doctor Sagardúa" que, cuando me distraigo, yo también hablo de mí en esos términos.

—¿Y su esposa también lo llama "doctor Sagardúa"?

—Sí. Ella más que ninguno —ante una mirada interrogativa de Simbad, el otro precisó:— quiero decir, más veces que ninguno, ya que pasamos mucho tiempo juntos.

—Pero... ¿no los distancia, como pareja, el que ella se dirija a usted en esa forma?

—No. En absoluto. Yo le diría que como pareja, eso nos empareja, porque yo a ella la llamo "doctora Sagardúa". Sólo que las razones por las que lo hago son muy diferentes de las que ella tiene para llamarme como me llama. Ella se acostumbró a llamarme "doctor Sagardúa" porque delante de los pacientes que venían a mi consultorio, quedaba mal que me llamara de otra forma. Podía dar lugar a que ellos la imitaran, y que entonces perdieran una parte del respeto que me debían como profesional. En cambio, yo a ella no la llamo "doctora Sagardúa" por ninguna cuestión de imagen, sino como forma de recordarle siempre que ella ES una doctora, ya que al trabajar en otra cosa, corre el riesgo de olvidarlo. Ahora bien, mi esposa, si bien es una doctora, no es cualquier doctora. Si así fuera, yo la llamaría simplemente "doctora". Pero como ella es la doctora Sagardúa, entonces yo la llamo "doctora Sagardúa".

Simbad Geigy tenía muchas preguntas para formular al doctor, porque el tema había excitado su curiosidad. Pero ocurrió algo que por su extrema peculiaridad acaparó inmediatamente la atención de Simbad, haciéndole olvidar en el acto todo cuanto Sagardúa le había relatado. Por el pasillo venía caminando una especie de... azafata, de la que sólo era visible el traje, al que faltaba una manga. Su cuerpo no se podía ver. Sólo se podía sospechar por la forma y los movimientos de ese traje. Lo mismo podía decirse de la cabeza, que tampoco se veía en forma directa, sino que se infería de la posición y de los movimientos de la gorra.

—Disculpe —la detuvo Simbad cuando ella pasó cerca de él; y buscando algún tema de conversación que lograra retener allí, para un estudio más pormenorizado, a tan extraño ser, le dijo: —Hace un rato oí a una de sus compañeras anunciar que, dada la actitud hostil de las autoridades del aeropuerto al que nos dirigimos, en vez de aterrizar en una pista, arremeteríamos contra la torre de control. ¿Qué hay de eso?

—Pues lo que hay —contestó ella dejando ver

por su tono de voz que estaba enojada, aunque nada en su inexistente cara pudo respaldar esa impresión a los ojos de Simbad— es que el idiota del piloto que tenemos le erró a la torre. Pasó como a quince metros. Esa gente debe estar muy oronda burlándose de nosotros de lo lindo.

—Ah —dijo Simbad, y no dijo nada más porque ya no estuvo interesado en continuar mirando a esa azafata, en la que no había nada para ver. Ella siguió caminando por el pasillo hasta llegar al cubículo. Pero allí la esperaba Cindy, desnuda y en posición de ataque según la técnica ideada en el siglo catorce por los campesinos de Okinawa. Empero, el golpe que le dio en la cara no tuvo ningún efecto, ya que la otra no tenía cara.

—¿Qué quieres? ¿Por qué intentas agredirme? —para compensar su falta de músculos faciales, la azafata vacía era muy expresiva en sus tonos de voz, y en este caso empleó uno que trasmitía aflicción, zozobra, pena y desconsuelo.

—No tengo nada contra ti —dijo Cindy—. Quiero tu traje. Tú no lo necesitas, porque no tienes nada para ocultar. Pero yo no puedo desfilar así como estoy, delante de los pasajeros.

—Está bien —dijo la otra, y se sacó el *blazer*, la pollera y la gorra, quedando reducida a nada. Cindy, sin el menor resquemor o problema de conciencia, se puso el traje. De pronto sintió un cosquilleo en la vagina y, metiéndose la mano, extrajo de allí a un diminuto hombrecito elegantemente vestido de verde que, temblando de miedo por no saber que podría hacerle ella, trató de ganar su simpatía diciéndole :

—¡Mamá! ¡Mamá!

Ella se lo acercó a los ojos para poder verlo bien, y luego de escudriñarlo un rato le dijo :

—Tú eres mayor que yo. No puedes ser mi hijo.

—Está bien —contestó él, en tono suplicante—. Te pido disculpas, te juro que cuando te vi tendida en el piso creí que estabas muerta, y por eso entré allí a tratar de divertirme un poco. ¡Déjame ir, te lo ruego!

—Ahora verás, enano atrevido —le dijo Cindy—. Voy a enseñarte a no meterte donde no debes.

Y bañándolo primero en un caudaloso escupitajo, se lo metió bien en el fondo del culo.

—Hasta que no me vengan deseos de cagar, permanecerás ahí —sentenció, aunque él, desde donde estaba ahora, no pudo oírla.

Cindy salió del cubículo y golpeó en la puerta de la cabina del comandante.

—¿Puedo pasar, señor? —preguntó. Quería solicitar un recreo de diez minutos para visitar el *free shop*. Otras veces se metía en la cabina sin golpear, pero esta vez pensó que si mostraba respeto y sumisión a la autoridad, obtendría el permiso, mientras que si no los mostraba, no lo obtendría.

Pero nadie contestó a su pregunta. Quiso entonces abrir, pero la puerta estaba cerrada con llave. Volvió a golpear.

—¡Abrame, comandante, por favor!

—Diga la contraseña.

Esto fue dicho por una voz que, a fe de Cindy, no era ni la del comandante Queirós ni la de Dante, su predecesor en el cargo.

—¿Quién es usted? ¿Qué hace ahí?

—La contraseña, por favor —insistió la voz—. Si no me da la contraseña, no puedo transmitirle ninguna información.

Cindy trató de imaginar cuál podría ser esa contraseña, pero nada de lo que se le ocurrió le resultaba satisfactorio. Estaba a punto de decir cualquier estupidez, cuando la puerta se abrió.

El asiento del comandante, que era giratorio, estaba orientado hacia la entrada, de modo que Cindy vio frente a sí a un hombre de aspecto afable y bonachón, vestido con una gabardina escocesa que le quedaba demasiado grande, cubriendo completamente sus manos y sus pies. Además, tenía el cuello y también parte del mentón envueltos en una gruesa bufanda lapona.

— Dígame que desea —dijo. Tenía la vista fija en un punto del piso y estaba perfectamente inmóvil.

Cindy se dio cuenta de que la voz que oía no estaba saliendo de la boca de ese hombre, sino de uno de los ojales de su gabardina.

—¿Qué está pasando acá? —dijo—. Exijo saber con quién estoy hablando.

—Estás hablando con este muñeco que tienes frente a ti —respondió la voz—, aunque no sea él quien te habla a ti. Y ahora es mi turno de preguntar. Estoy verdaderamente intrigado por saber cómo averiguaste la contraseña. Me dio mucho trabajo idearla. Antes tenía otra, pero me la descubrieron. Pensé que ésta funcionaría mejor, porque a la gente le cuesta horrores mantenerse callada.

El hombre de la gabardina se puso bruscamente de pie. Cindy se asustó y cayó al piso. El se inclinó para ayudarla a levantarse. Ella, ni bien estuvo en pie, salió de la cabina y cerró la puerta. Corrió por el pasillo entre los asientos de los pasajeros, sin advertir que todos estaban vacíos. Pero al querer abrir la puerta del fondo, notó que algo obstaculizaba su giro. Empujó con fuerza, logró establecer una abertura por la que pudiera pasar, y entonces vio con horror que el obstáculo era un cuerpo humano, que estaba tendido en el piso. Se trataba de una mujer, y tenía puesto un traje muy similar al atuendo de las azafatas de la compañía, pero estaba confeccionado en una tela mucho más gruesa y de mejor calidad. Además, en algunas partes, tenía un tinte color café, parecido al color de las mantas que en cada viaje se distribuían entre los pasajeros. Los rasgos faciales de la mujer, además, recordaban vagamente a los de Mercedes Nario, la estúpida arribista que le había arrebatado su cargo de jefa de azafatas. Pero su tez, a diferencia de la de ésta, era olivácea como la de Deisy Doreducasse, otra de las azafatas, que seguramente continuaría toda su vida haciendo ese trabajo, porque la cabeza no le daba para más.

—Sea quien fuere esta mujer —se dijo Cindy—, es evidente que necesita atención médica.

Y se metió en el salón de pasajeros, gritando:

—¡Socorro, hubo un accidente! ¡Por favor, alguien que pueda intervenir!

Un hombre se levantó de su asiento. Era alto, fornido, tenía pobladas patillas y vestía una campera de raso magenta. Llevaba, además, una gorra de las de visera, pero que tal vez por un deterioro de las costuras había perdido ese adminículo.

—¡Soy chofer de una ambulancia! —dijo— ¡dónde está! ¿dónde están las víctimas?

—Ahí... ahí afuera —dijo Cindy, señalando la puerta.

—Usted está muy pálida —le dijo el hombre—. ¿Se siente bien?

—Sí, sí. Pero hay una mujer ahí, en el piso...

—Señorita, a usted le pasa algo —el le agarró una muñeca para tomarle el pulso—. Cuando uno se pone pálido, es porque hay problemas circulatorios. Venga, vamos afuera. Quizá un poco de aire fresco le siente bien.

—Pero no —dijo ella, resistiéndose a los empujones con que el hombre trataba de llevarla fuera del salón—, yo estoy bien. Es la otra mujer la que está grave.

—La caridad bien entendida empieza por casa —dijo él, obligándola a salir—, la higiene también. Uno no puede preocuparse por los demás si no aprende primero a cuidarse a sí mismo.

Cindy comprobó que el cuerpo de la mujer ya no estaba junto a la puerta. Tampoco había rastros de ella en la escalera.

—Parece que hay alguien que quiere jugar a las escondidas —dijo—. Sólo que, por lo visto, no conoce las reglas. En ese juego, uno esconde su propio cuerpo, no los cuerpos de los demás.

—Usted desvaría —dijo el chofer, arrastrando a Cindy escaleras abajo—. Vamos. Tiene que hacerse un chequeo médico.

Ella se resistió pero no pudo evitar que él la hiciera descender varios pisos y meterse en un gran salón, donde había dos largas hileras de camas, todas ocupadas hasta donde Cindy podía ver. El ocupante de una de ellas les salió al paso. Era un hombre vestido con un piyama negro, que contrastaba con el blanco de sus labios.

—¿Qué sucede? —les dijo—. Ya estamos por cerrar.

—Esta chica quiere ver al doctor —dijo el chofer, sin soltar a Cindy—. ¿Podría llamarlo?

—Yo no quiero ver a nadie —dijo Cindy.

—Creo que ustedes dos —dijo el hombre del piyama negro—, antes de venir aquí, deberían haberse puesto de acuerdo sobre lo que dirían. Como equipo, debo decirles que su fragilidad es manifiesta. Hasta un cuadro de baby-fútbol los haría trizas.

—No vinimos a jugar al fútbol, ni tampoco a hacer gala de ser la pareja ideal — dijo el chofer —, sino a ver al doctor.

—El doctor no está —dijo el ocupante de otra de las camas. Era un individuo morocho, gordo, lampiño y con una papada que le eclipsaba su propio cuello—, y si está, no lo podemos ver.

—Sí, porque se achicó —dijo una mujer, apareciendo entre las sábanas de la misma cama donde estaba el gordo. Tenía facciones chinas, y enormes ojos saltones que parecían pelotas de rugby.

—Se redujo a su mínima expresión —dijo, desde otra de las camas, algo que muy pocos ornitólogos se habrían resistido a catalogar como un avestruz. Lucía bastante decaída, y su ala izquierda estaba enyesada.

—Nos abandonó —dijo un gigantesco hombre calvo, que se había doblado en cuatro, como única

144

forma de caber en la cama que le habían asignado.

—¡Es éste! —gritó Cindy, señalándolo—. ¡Este es el hombre que estaba junto a la puerta de la sala de pasajeros!

—Te estás contradiciendo feo —la reprendió el chofer, clavándole tres uñas en el brazo que le aferraba —.¡Antes habías afirmado que era una mujer la que yacía tendida contra la puerta!

—Tal vez la señorita nos esté hablando ahora de otra puerta —dijo la mujer de los ojos saltones.

—No, no —dijo Cindy—, era la misma puerta. Primero vi a este hombre, allí —señaló al gigante—. Luego desapareció y más tarde vi a una mujer que tenía puesto un traje muy parecido al mío.

—Eso es muy plausible —dijo el hombre del pijama negro—. Hoy en día acá no se fabrican prendas exclusivas. Todo se hace en serie.

—¿Sí? —dijo el chofer—. Entonces seguramente debe haber varios doctores, aquí. ¿Sería usted tan amable como para llamar a uno de ellos?

—A cuál —dijo el avestruz.

—¡Ah, entonces reconocen que hay varios! —el pecho del chofer se hinchó de orgullo y satisfacción.

—No, Sacarías, no hay varios —dijo la mujer de los ojos saltones—; tan sólo unos pocos. Y no están aquí.

—Y dónde mierda están —dijo Cindy. Ella no tenía interés en ver a ningún médico, pero la forma como toda esa gente jugaba a la pelota con la información había empezado a pasparle las meninges.

—Bueno, algunos están en... —iba a contestar la mujer, pero el gordo lampiño la interrumpió gritando:

—¡Un momento, Arafátima! No voy a permitir que sueltes un milímetro de lengua antes de que esta gente se haya identificado. Si vamos a enviar a alguien a molestar a los doctores, tenemos que saber quién es, y asegurarnos de que sus motivos son valederos.

—¿Y bien? —dijo el gigante, instando a Cindy y al chofer a cumplir la exigencia planteada.

—Yo soy azafata de este avión —dijo Cindy—. Y si no me sueltan inmediatamente, se las van a tener que ver con el comandante.

—No somos nosotros los que la estamos reteniendo, *sweet heart* —le contestó el del piyama negro—. Es el hombre que está con usted.

— Si, su novio —dijo el avestruz, y la mujer de los ojos saltones se echó a reír a mandíbula contante y sonante.

—Muy bien —dijo el gigante, riendo también; y relajando bruscamente los músculos de su cara agregó, clavando su mirada en el entrecejo del chofer:— falta decir quién es usted.

—¿Yo? Soy chofer de una ambulancia.

—¿Sí? De cuál —inquirió el hombre del piyama negro.

—De una que... debe estar en el estacionamiento.

—Los aviones no tienen playa de estacionamiento —sentenció la tal Arafátima.

— Tienen, sí —se defendió el chofer —. Sucede que antiguamente no tenían, pero las compañías aéreas un día se dieron cuenta de que, en lugar de contratar camiones para cargar a los autos en portaequipajes de los aviones, era más barato dejar que los autos entraran allí por sus propios medios. Desde entonces, una sección de los portaequipajes está acondicionada como playa de estacionamiento.

—Quisiera ver eso —dijo el gordo lampiño, saliendo de la cama—, porque no creo una palabra de lo que dice.

—Venga —lo desafió el chofer, caminando hacia la puerta—. Voy a mostrarle.

—Suéltame, suéltame —dijo Cindy, a quien el chofer arrastraba consigo—. Prefiero esperar en este lugar.

—Muy bien —dijo él, y desenterró sus uñas del brazo de la muchacha.

El gordo lampiño estaba tratando de convencer a Arafátima de que lo acompañara.

—No, no —le dijo ella—. Mejor ve tú solo, Ciclamatus. Un poco de ejercicio te hará bien. Es hora de que saques a bailar a esos gusanos.

11

Bajando por sucesivas escaleras, Ciclamatus y el chofer llegaron a un amplio salón semioscuro y salpicado de charcos de aceite negro.

Un hombre salió de las sombras y se les acercó. Vestía un overall azul, y tenía en una mano una lapicera y en la otra un bloc de formularios.

—No pueden pasar —les dijo.

—¿Qué sitio es éste? —preguntó Ciclamatus— ¿una refinería de petróleo?

—Esta es la playa de estacionamiento del "Brisas del Arapey" —contestó el otro—. Acá viene la gente que tiene vehículos, para aparcarlos. Ustedes no pueden pasar, porque no traen ningún vehículo.

—Yo sólo quiero que me permita mostrarle al caballero la ambulancia que yo dejé aparcada aquí —dijo el chofer.

—Lo siento. No puedo hacer nada al respecto —contestó el hombre del *overall*.

—Entonces voy a llevarme la ambulancia.

—Antes de llevarte un solo perno de alguno de estos coches, vas a tener que pasar por sobre mi cadáver.

—Dónde está —intervino Ciclamatus.

—Aquí —dijo, saliendo de las sombras, un hombre idéntico al del *overall*, salvo que en vez de *overall*, vestía una mortaja.

—¿Usted es el cadáver de este señor? —le preguntó el chofer.

—Por supuesto. Puedo mostrarle mi acta de defunción, si es necesario.

—La suya no —protestó Ciclamatus—. Si el muerto es él —señaló al hombre del *overall*—, lo que habría que ver es el certificado de defunción de él.

—No tengo en mi poder ese documento, por ahora —dijo el hombre de la mortaja.

—No importa —dijo el chofer—. Yo no quiero papeles, quiero hechos. Realidades tangibles.

—Un papel puede ser muy tangible —le espetó el del *overall*—. Puedo asegurarle que, en muchos casos, el certificado de empadronamiento de un auto vive mucho más tiempo que el propio auto, y continúa siendo una realidad tangible cuando del auto ya no queda más que un débil recuerdo en las mentes de los que se estrellaron en él, con el agravante de que ese recuerdo, por ser penoso, tiende a ser bloqueado por la memoria.

—¿Usted tiene auto? —le preguntó Ciclamatus.

—No, yo sólo tengo un esquéit. Pero para desplazarme en este lugar es más que suficiente.

—¿Usted se desplaza aquí utilizando un vehículo? —dijo el chofer, azorado—. Creí que esto era una playa de estacionamiento.

—Yo también tenía entendido eso —apoyó Ciclamatus—. Y si no estoy equivocado, aquí los vehículos no pueden desplazarse. Tienen que estar quietos; si no, no es una playa de estacionamiento, es cualquier cosa.

—Sí. Si los vehículos no se mantienen estacionados, esto se convierte en un corso —dijo el chofer.

—Y ustedes, que son los encargados de mantener el orden aquí —dijo Ciclamatus, dirigiéndose no solamente al hombre del *overall*, sino también al de la mortaja—, deberían ser los primeros en entender eso. A menos que, debido a un desperfecto síquico, ustedes hayan olvidado que están en una playa de estacionamiento y crean estar en el rally París-Dakar.

—Sí — dijo el chofer—, estos chicos parecen creer que están en los autitos chocadores del parque Rodó de Montevideo.

—Sí, o en el hipódromo de Maroñas —acotó Ciclamatus.

—O mismo en el sambódromo de Río de Janeiro —sugirió el chofer.

—No. Yo creo que estas personas se comportan como si estuvieran en el canódromo de Villa Gesell.

—Estas personas parecen creer que son estrellas de Holiday on Ice.

El hombre de *overall* iba a replicar, cuando de pronto vio en el piso un charco formado por un líquido casi transparente y de consistencia visiblemente menos viscosa que el negro aceite de los otros charcos.

—¡Qué es eso! — exclamó.

El de la mortaja se acuclilló junto al charco y, mojándose un dedo en él, probó el líquido con la lengua.

—Es agua —dictaminó—. Agua de mar.

—Las azafatas nos habían advertido de que el avión iba a amerizar —dijo el chofer.

—Entonces corremos peligro —dijo Ciclamatus, sin perder su temple—. No nos quedemos cruzados de brazos. Hay que hacer algo.

—Por ejemplo qué —inquirió el hombre del *overall*.

—¿Tiene computadora? —le preguntó el chofer—. Si la respuesta es sí, podríamos jugar al tetris.

—La respuesta es no —dijo el otro—. Pero aunque la tuviera, no sería prudente ponerla en funcionamiento. Miren. Esto se está poniendo cada vez más húmedo.

En efecto, ahora eran varios los charcos de agua en el piso, y de las paredes manaban chorros que los nutrían con generosidad.

—Larguémonos de aquí —dijo el de la mortaja, y predicó con el ejemplo corriendo hacia la escalera y subiendo por ella a todo trapo. El chofer lo siguió, sin preocuparse por los otros dos, que prefirieron quedarse allí discutiendo. Pero el agua subía por la escalera, pisándole los talones. Ahora no eran charcos, eran galones, toneladas, centímetros cúbicos, culadas de agua salada que lo perseguían con la ferocidad de un tiburón.

La escalera terminaba en un zócalo. El chofer levantó la tapa, subió y volvió a colocarla. Por suerte, estaba revestida de goma y calzaba perfectamente en el agujero.

Más tranquilo, el chofer miró cómo era el sitio al que había ido a parar. Era lindo. Tenía muchos paneles cubiertos de botones y pantallas con gráficas luminosas, y en el centro había un periscopio, a cuyo lente tenía pegado el ojo un individuo pequeño y regordete. El chofer carraspeó. El otro despegó su ojo del lente.

—La cosa viene bastante brava —dijo.

—Quién es usted. Qué es este lugar —le preguntó el chofer.

—El "Brisas del Arapey", debido a un desperfecto técnico, se vio obligado a amerizar —contestó el gordito—. Y en esos casos es cuando entro en acción yo. Desde aquí, comando el avión como si fuera un submarino. Y de hecho, lo es. Ya le desprendí las alas, y ajusté su sistema de presurización. Y si usted pudiera salir y ver desde afuera la carcaza, notaría que ahora, en vez de "Brisas del Arapey", este bicho se llama Fragata Cruz del Sur.

—¿Entonces no es un submarino?

—Sí, pero se llama "Fragata Cruz del Sur".

—¿Y usted cree que podemos salvarnos? ¿Podemos llegar a algún puerto?

—Mire —dijo el gordito, mostrando impaciencia—, usted está haciendo demasiadas preguntas, y ni siquiera pagó su pasaje.

—Yo pagué. Tengo conmigo mi tarjeta de embarque —el chofer sacó un cartoncito de su bolsillo.

—Eso no tiene más valor. Ya le expliqué que usted ya no está en el "Brisas del Arapey". Si quiere permanecer a bordo, tiene que comprar su boleto.

—¿Cuánto me va a costar?

Pero antes de que el hombrecito regordete pudiera decir el precio, las paredes empezaron a sacudirse y a resquebrajarse, y de entre los paneles con gráficas luminosas que cubrían una de ellas emergió un tubo metálico flexible, una especie de trompa de elefante por la que salía un líquido verde y nauseabundo. Un chijetazo del líquido alcanzó al hombrecito y lo redujo a algo así como vómito de tortuga. Lo que quedaba de los paneles y del periscopio también empezó a degradarse vertiginosamente y a borbotear gases podridos. El chofer levantó la tapa del zócalo y dejó que el agua salada entrara para limpiar un poco toda esa mierda. El se lanzó por la abertura, conteniendo previamente la respiración porque no sabía cuanto tiempo pasaría antes de volver a encontrar un medio aéreo. Pocos segundos después perdió el conocimiento.

12

El mar estaba frío, y ni bien el cuerpo de Simbad conseguía irradiar una cantidad de calor como para volver más soportable el agua en la que estaba inmerso, enseguida alguna ola venía a arruinarle el pastel, llevándose el agua tibia y sumiéndole otra vez en el frío.

—Sí, somos los Sísifos del mar —dijo a pocos metros otro hombre que, al igual que Simbad, se sujetaba a una tabla revestida en cuero, de las que tantos años habían servido para delimitar el cubículo de las azafatas del "Brisas del Arapey".

Simbad observó al hombre. Se parecía mucho a un gigantesco urso calvo con el que se había cruzado dos o tres veces a bordo. Pero no podía ser él, porque una abundante cabellera cubría su cabeza. Esta cabellera, empero, era abundante por la cantidad de cabellos que la formaban, y no porque éstos fueran largos: ninguno de ellos excedía el par de milímetros.

—¿Sabe si hay más sobrevivientes? —le preguntó Simbad.

—No sé, ni me interesa —dijo el otro—. Escuche, quisiera saber... esa echarpe, ¿dónde la compro?

—¿Echarpe? ¿Qué echarpe?

—Esa, de color rosa mosqueta, que usted tiene en la cabeza.

—Ah, esto —dijo Simbad, y con una mano dejó por un momento de sujetarse a la tabla, para tocarse la cabeza—. No es una echarpe, es un turbante. O mejor dicho *era* un turbante.

—Claro —dijo el urso—, era un turbante. Ahora es una echarpe.

—No creo que se le pueda llamar echarpe, pero si eso le place, no me voy a oponer.

—Démela. La quiero.

—No tengo por que darle nada —Simbad trató de nadar alejándose del urso, pero éste lo siguió.

—Se la compro —le dijo—. Póngale precio.

—Su dinero seguramente se mojó —le contestó Simbad—. Ya no tiene valor.

—Pídame a cambio lo que quiera —imploró el urso—, pero démela, carajo.

—¿Para qué la quiere tanto? Lo quiere tanto, mejor dicho.

—Para cubrirme la cabeza. Por lo menos, si la tuviera ahora, la usaría para eso.

—¿Tiene frío en la cabeza? — le preguntó Simbad.

—Sí.

— Es curioso. Yo tengo frío en todas partes menos en la cabeza, porque es la única parte que tengo fuera del agua. El frío se siente mucho más cuando hay humedad. ¿Usted no sabía eso?

—Mire, señor —el urso habló con la severidad de un entrenador de perros— la razón por la que usted no tiene frío en la cabeza no es que la tenga fuera del agua, sino que la tiene cubierta con esa echarpe. Y yo

156

no solamente no tengo echarpe, sino que tampoco tengo un mísero pelo que me cubra.

—¿Dice que no tiene pelo? ¡Vamos, si tiene una cantidad!

El urso se llevó una mano a la cabeza.

—Es cierto —dijo—. Puta. No me había dado cuenta.

—Entonces usted era el calvo que yo vi a bordo. Quizá el agua de mar le hizo bien.

—Sí, quizá fue eso. A menos que...

—Que —Simbad luchó contra una corriente que lo estaba alejando del urso.

—¡A menos que tengan razón los que me llevaron a la enfermería!

—¡Qué, qué le dijeron!

La distancia entre los dos hombres era cada vez mayor.

—¡Me dijeron que yo estaba muerto, y es bien sabido que a los muertos les crece el pelo!

Simbad dejó de luchar contra la corriente. Pensó que si seguía haciéndolo, sus fuerzas se agotarían y acabaría por ahogarse. Quizá por adulonería, entonces, empezó a nadar a favor de la corriente. Pero esta corriente resultó bastante huidiza: cambiaba de rumbo cada pocas brazadas de Simbad, obligándolo a un continuo trabajo de reorientación que, más que físicamente, empezó a agotarlo intelectualmente.

Estaba ya al borde del estrés, cuando divisó, recortada contra el cielo apenas sobre el horizonte, una figura dotada de cierto tipo de movimientos que ningún barco podría haber hecho. Se trataba indudablemente de un animal, pero la distancia no permitía discernir siquiera si era invertebrado o vertebrado, y menos todavía —en caso de que fuera vertebrado— qué clase de cosa lo vertebraba.

Desistiendo de seguir buscándole la pista a la corriente, Simbad Geigy usó las energías que le quedaban en nadar hacia aquel ser, que por suerte —o por desgracia, ya que Simbad ignoraba si la incógnita sobre su identidad habría de despejarse favorable o desfavorablemente— limitó sus desplazamientos a unos pocos metros a la redonda en relación al punto —a esta altura bastante incierto— donde Simbad lo había avistado.

Pero cuanto más se acercaba Simbad, más difícil se le hacía la tarea de tipificación de aquel espécimen. Y de no ser porque de éste mismo recibió ayuda, no lo habría logrado jamás.

La principal dificultad estribaba en que, de acuerdo con ciertos cánones, Simbad creía estar frente a UN ente, pero de acuerdo con otros, los entes eran dos. Uno de ellos tenía bastante que ver con lo que Simbad en general entendía por "pescado", y el otro guardaba notorias y sugestivas similitudes con lo que él llamaba "mujer".

Al principio, Simbad extrajo de sus reservas de información el concepto de "sirena", pero pronto lo descartó por no poder aplicarlo al caso: en una sirena, tanto la parte de mujer como la parte de pescado (o de pez) estaban incompletas, y en la figura que Simbad tenía delante, hasta donde se podía ver, tanto la mujer como el pez estaban enteros.

—Bueno, qué mierda sos —le preguntó, dándose por vencido.

158

Pero no obtuvo más respuesta que una especie de "blup" (Simbad no logró ver si el sonido era emitido por la boca de pez o por la de mujer), y enseguida el ente se alejó nadando con brazos, piernas, aletas y cola.

Simbad se puso en posición de "plancha", tratando de mantenerse a flote y de ahorrar energías por si en algún momento un peligro lo forzaba a nadar. Y tuvo la suerte de poder capturar un cojín que pasaba flotando cerca de él (pertenecía a uno de los asientos de la sala de pasajeros del avión, a juzgar por su diseño). Poniéndoselo bajo la cabeza a modo de almohada, Simbad pudo disfrutar del maravilloso espectáculo de la puesta del sol. Cuando el show terminó, oyó un fuerte aplauso: eran los demás náufragos. Cada uno, desde el punto al que las olas y las corrientes lo habían llevado, manifestaba su emoción por el caleidoscopio en que la naturaleza transformaba la bóveda celeste a esa hora del día. Simbad se sumó al aplauso, y también al grito unánime de "bis". El sol no se hizo rogar más que unos pocos segundos, y apareciendo nuevamente a unos veinte grados sobre el horizonte, repitió el atardecer.

—Es curioso —dijo desde alguna parte la voz de una náufraga que Simbad no pudo localizar—. Este tipo de cosas no suele verse a menudo. ¿No le parece extraño que, saliendo el sol un promedio de trescientas sesenta y cinco veces por año, esas salidas se distribuyan exactamente a razón de una por día?

—Sí, ciertamente —respondió Simbad—. Quién sabe. Quizá con esa actitud, el sol esté tratando de decirnos algo.

—¿Es usted astrólogo? —preguntó la voz.

—No. Realmente, desconozco esa materia.

—Andá a cagar, entonces —dijo la voz, y ahora Simbad sí pudo ver a la náufraga, que se alejaba nadando en una forma muy curiosa, ya que movía únicamente su nariz, que era larga, ancha y muy chata, como el cuerpo de una mantarraya.

Simbad, ante la noche cerrada, y embelesado por la comodidad con que su cabeza había sido acogida por el cojín, se durmió, cobijado por una capa de plancton tibio con que la fortuna lo arropó.

13

Cuando despertó, ya que así lo hizo, Simbad no estaba ya en el agua, sino en una incómoda cama. Era una cama de agua, pero el cosquilleo que Simbad sentía en la espalda le daba toda la impresión de que había sido llenada con agua mineral (gasificada).

Simbad también sintió un cosquilleo en el nervio óptico, causado por el mal aspecto de la persona que desde el costado de la cama lo miraba. Era un homúnculo con una musculatura proverbial; parecía un levantador de pesas, pero Simbad se preguntó cómo se las arreglaría para levantarlas, ya que no tenía brazos. Su cara era cuadrada, pero estaba incrustada en una cabeza casi esférica, de diámetro notoriamente inferior a la diagonal del cuadrado de la cara.

—Despiértese —decía el homúnculo—. No está en edad de dormir tanto. Tiene que aprovechar despierto los pocos años que le quedan de vida.

—Permítame que sea yo quien administre mi tiempo —le contestó Simbad—. Además, para su información, ya estoy despierto.

—Según ciertos autores hindúes, hay varios niveles de sueño de los que se puede despertar —replicó el otro—. Usted solo despertó del más burdo, del más elemental. Todavía le falta despertar de todos los demás, mi estúpido y presumido amigo.

—Usted es quien presume.

—¿Yo? ¡Noooo! Yo ni siquiera desperté del primer sueño. Mi situación es aún más precaria que la suya, en ese sentido. Pero lo que me distingue de usted es que soy más humilde, y sé cuál es el lugar que ocupo.

—Me gustaría gozar de ese conocimiento, también —dijo Simbad—, ya que no tengo ni puta idea de donde estoy.

—Para cualquier observador, desde cualquier parte del universo, e independientemente del sistema de coordenadas elegido, se encuentra usted a bordo del portaaviones Feudorov.

—¿Y cómo llegué acá? Yo dormía plácidamente en el mar.

—Se dice el pescado y no el pescador —contestó el homúnculo—. Lo que sí voy a decirle es que cuando fue recogido, usted había ingerido grandes cantidades de agua de mar, y que nos llevó, a Feudorov y a mí, varias semanas lograr su... recuperación. Sin embargo, como ya la conseguimos, lo vamos a retornar al mar, que es de donde usted procede. ¡Feudorov!

Inmediatamente llegó a la enfermería —ya que tal era la sala donde se hallaba Simbad— el tal Feudorov. Era una especie de ogro flacuchento, y su columna lo vertebraba no vertical, sino horizontalmente.

—¡Yo no procedo del mar, sino del avión "Brisas del Arapey"! — exclamó Simbad. Pero Feudorov se lo echó sobre el lomo y lo llevó a cubierta.

—¡Ja, ja, ja, ja! —rió el homúnculo, que los seguía—. ¡El "Brisas del Arapey" no es un avión, señor mío! ¡Es un simulador de vuelo!

—Sí —confirmó Feudorov—. Además, si fuera un avión, estaría aquí, con nosotros, ya que nuestro trabajo es portar aviones.

—Pero no son el único portaaviones —argumentó Simbad.

—No, es cierto —concedió el homúnculo—. Pero estoy seguro de que si el "Brisas del Arapey" fuera un avión, nos escogería a nosotros para portarlo.

—Tenemos precios módicos y nuestro servicio es excelente —añadió Feudorov.

—Contamos con una línea de crédito financiada por el Banco de San Gregorio —dijo el homúnculo, y a una contracción de la musculatura de su frente, Feudorov arrojó a Simbad Geigy al mar.

Al contacto con el agua, y pleno de energías gracias a los exhaustivos cuidados del homúnculo y de Feudorov, Simbad empezó a nadar frenéticamente. Pero pronto comprendió lo inútil de tal gimnasia, ya que no tenía ni puta idea de hacia dónde dirigirse.

—Sí. Deberíamos detener un momento esta loca carrera, y meditar —dijo, como si hubiera leído, oído u olido el pensamiento de Simbad, otro nadador, en el que él no había reparado. Un súbito y momentáneo descenso del nivel del mar le reveló el aspecto del individuo: era alto y fornido, tenía pobladas patillas y vestía una campera de raso magenta. Llevaba además, sobre la cabeza, una rara especie de boina.

—¿Usted también fue arrojado al agua por Feudorov? —le preguntó Simbad.

163

—No. Yo soy quien lo rescató a usted —contestó el otro. Las aguas ya habían regresado a su nivel normal, y del hombre Simbad ya no veía más que la boina y algunos de los parásitos que le poblaban las patillas—. Yo lo llevé hasta el portaaviones, para que la tripulación le prestara socorro. Nunca me imaginé que lo devolverían al mar.

—Pero ¿por qué no permaneció usted también a bordo?

—Yo no abordé el portaaviones. Quería rescatar a otras personas, pero no las encontré.

—¿Usted es de la Cruz Roja, o algo así? —le preguntó Simbad.

—No, yo trabajo para una empresa particular. Soy chofer de una ambulancia.

En ese momento uno de los parásitos abandonó la patilla donde se alojaba y trepó hasta alcanzar la boina.

—¿Qué pasa? —dijo el chofer.

—Acá estoy más seguro —contestó el parásito —. No quiero correr el riesgo de ahogarme.

Los demás parásitos quisieron ponerse también a resguardo, sobre la boina.

—¡Ayúdeme! —gritó el chofer a Simbad—. ¡Estos me van a hundir!

—¡Déjenlo! —pidió Simbad a los parásitos—. ¿No ven que si él se hunde, ustedes también lo harán?

—No, señor —dijo el primer parásito que había llegado a la boina, quien parecía ejercer cierto liderazgo sobre los demás—. Quizá el cadáver de este hombre flote, y entonces será nuestro barco.

—Como lo fue hasta ahora, mientras vivía —dijo

otro de los parásitos, más pequeño y de voz ridículamente aguda.

—¡Todavía no morí! —dijo el chofer y, bravío, trató con las manos de arrancarse los parásitos de la boina, pero para esto debió dejar de usarlas para nadar, y se fue a pique, con parásitos y todo.

—No flotaba, después de todo —dijo Simbad.

—El no, pero yo sí —dijo una voz muy cerca de él. Simbad vio a un hombre en un todo idéntico al chofer, salvo que en vez de campera de raso y boina, vestía una mortaja—. Esos parásitos tenían razón : yo soy el cadáver de ese pobre hombre, y puedo flotar. Míreme: no necesito siquiera nadar —el individuo levantó al cielo sus brazos, sin descender por ello un milímetro con respecto al nivel del calmo mar—. El error de esos tipejos fue querer navegar sobre el chofer y no sobre su cadáver, como anunciaron que harían.

En eso emergió de las aguas, a unos veinte metros de Simbad y a diecisiete del de la mortaja, la cabeza del chofer. Ya no tenía puesta la boina.

—¡Todavía no morí! —exclamó, con la voz tomada por la emoción—. ¡Lo dije antes y lo repito ahora!

—Entonces ¿cómo explica que aquí esté su cadáver? —le preguntó Simbad, sin saber a qué atenerse.

—¡La presencia de este sujeto es ilegal! —bramó el chofer—. ¡Mientras me quede un soplo de vida, no tiene el derecho de nacer!

Simbad vio que, de una especie de remolino que se formaba en el agua, surgía aquella especie de pez-mujer con que antes se había topado.

—Es verdad —dijo gravemente por su boca de

pez, dirigiéndose al de la mortaja—. Has infringido las reglas. Por lo tanto...

—Por lo tanto qué —inquirió el interesado.

—No sé —contestó el extraño ser, esta vez por su boca de mujer—. En realidad nunca me había enfrentado a una situación como ésta. No sé cómo se debe proceder en estos casos .

—¡Lléveselo! ¡Sáquelo de acá! —imploró el chofer.

—Pero, acá o en otra parte, seguiría siendo su cadáver —observó Simbad.

—¡Entonces, que lo destruya!

—No. No puedo tomar una decisión como ésa. No sin la expresa autorización del juez Ort —dijo la criatura.

—El juez Ort se jubiló —dijo el de la mortaja—. No puede dar autorizaciones. O puede darlas, sí, pero se requiere de otro juez, entonces, para validarlas.

—Yo no le pido que tome la decisión —dijo el chofer a la mujer-pez, haciendo caso omiso de las palabras del cadáver—, sino que la ejecute. Déjeme a mí la responsabilidad de tomarla.

—No tengo familiaridad con ese tipo de triquiñuelas jurídicas. No me joda —dijo la criatura, y desapareció por el remolino que la había traído, o por uno muy similar, pero con sentido contrario de giro.

—¡Esto es escandaloso! —protestó el chofer—. ¡Yo me la paso arriesgando la vida por los demás, con mi ambulancia, y ahora a mí nadie me ayuda!

—Entonces —dijo Simbad, azorado—... ¿usted hace el bien con el propósito de que éste le sea devuelto?

166

—¡No, por Zeus! ¡Pero tampoco quiero que me devuelvan mal por bien! ¡Y la indiferencia es un mal!

—¿Sí? Y qué mal es —preguntó Simbad.

—No sé... no sé cómo se llama.

—No te escudes en nominalismos —dijo el de la mortaja —. El nombre que finges buscar no existe, como tampoco existe su referente.

—Si así fuera, ese referente tendría nombre —se defendió el chofer—: la Nada. 0 no sabes que, según se ha demostrado, sólo hay un conjunto vacío.

El de la mortaja iba a replicar, pero un cardumen de parásitos se le subió a la cabeza y plantó bandera en su cráneo. Eran los antiguos pobladores de las patillas del chofer.

—¡Ah, no, eso no vale! —rezongó el cadáver—. ¡Salgan, vamos, vuelvan a casita, que las canas de papá los esperan para tomar la merienda!

—¡Pamplinas! ¡Merendaremos aquí! —dijo el líder de los parásitos—. ¡Este sitio está lleno de caspa, nuestro alimento preferido!

Todos los parásitos, que, aunque no mayores que un pulgar de mandril, tenían forma humana, se agacharon y empezaron a devorar los gránulos de caspa capturándolos directamente con la boca, moviendo sus cuellos como gallinas histéricas.

Simbad, asqueado ante semejante falta de modales, se alejó del lugar nadando en estilo *crawl*. El chofer trató de ir tras él, pero se enredó con un alga.

—¡Puta madre! —rebuznó—. ¡Ya no se puede conducir, en esta ciudad! ¡El tránsito que hay es una cosa de locos!

14

Simbad Geigy había nadado unas ciento cincuenta brazadas, cuando decidió desandar ese camino, para preguntar al chofer si, siendo verdad que lo era, y de una ambulancia, dónde carajo había quedado ésta, y si estaba equipada como para desplazarse en el agua. Luego decidió eliminar de su requisitoria la palabra "carajo", por considerarla impropia de él. En rigor, ninguna palabra era de su propiedad, pero ciertas palabras tenían el mágico efecto de que Simbad se sintiera, como se dice vulgarmente, "hablando con propiedad". Entre éstas, sus preferidas eran:
coyunda,
coyote,
cogote,
gotera,
goleta,
letargo,
tarugo,
rugoso,
gosub,
musgo,
gaudeamus,
Dégas,

hágase,
sagaz,
sagrado,
desagrado,
sobrado,
sobar,
bardo,
dóberman,
camembert,
mermelada,
alameda,
médano,
grébano,
carámbano,
Karamazov,
amazona,
sonamos,
Mossad,
tazón,
mostaza,
tasador,
dorsal,
saldo,
bozal,
lazo,
sola,
halo,
hola
y loa.

Pero quién sabe si por algún tipo especial de pudor, o por qué mierda, Simbad Geigy casi nunca decía estas palabras. En cambio, usaba y abusaba de otras palabras muy sucias que iban siempre de boca en boca del común de las gentes, acumulando mugre, como :

a,

ésa,

sí,

tú,

idiota,

ven,

aquí,

que,

todavía,

no,

acabo,

contigo,

Y muchas otras, como las cinco que en esta frase preceden a "cinco", y las tres que le siguen.

Pero el agua estaba revuelta, y Simbad Geigy no logró encontrar las huellas de las brazadas que lo habían alejado del chofer. "Debí haber arrojado guijarros, o migas de pan", se dijo. Y en eso cobró conciencia de que sus manos, al nadar, ya no enfrentaban agua, ni plancton, ni algas, ni blandas medusas, ni rígidos corales, sino arena. Arena seca y caliente. Había llegado a una playa.

Luego de tomar sol y descansar durante un par de horas, se levantó y se puso en marcha hacia no sabía dónde. Había carteles en la playa, pero ninguno decía qué playa era. Uno decía "Usted no está en Ipanema"; otro "Usted no está en Miramar"; otro "Usted no está en Marindia" ; y otros decían cosas que ni siquiera daban indicación alguna de lugar, como "prohibido fumar" y "prohibido hablar al conductor".

Al seguir caminando —siempre por la playa—, Simbad notó que la arena estaba sucia y salpicada aquí y allá por charcos de una especie de aceite blanco. "¿Aceite de hígado de Moby Dick?", se preguntó Simbad, pero un hombre, saliendo de detrás de unas dunas, se le acercó y como si hubiese oído esas palabras, pero mal, le dijo :

—No, señor, el Oldsmobile no se fabrica más.

El hombre vestía una malla de baño azul, y tenía en una mano una lapicera y en la otra un bloc de formularios.

—¿Qué sitio es éste? —le preguntó Simbad— ¿Portofino?

—Bueno... esto es una playa, sí —contestó el otro, al parecer esforzándose para que su respuesta no sonara como una contradicción a la pregunta—, pero aunque la frecuenta gente bastante fina, digamos, y tenemos un puerto cerca, no se puede decir que sea la playa de Portofino.

—Yo... soy un náufrago —dijo Simbad—. Las aguas me trajeron aquí, sin consultarme. ¿Puede decirme al menos cuáles son mis coordenadas en este momento?

—No. Lo siento —el hombre cambió bruscamente de actitud: sus palabras sonaron frías y duras. Este efecto fue logrado gracias al hincapié que, al pronunciarlas, puso el hombre en las letras "s" y "t", y a la molestia que pareció experimentar cuando le tocó articular letras tan suaves y dulces como la "n" y la "l".

—Entonces voy a seguir caminando —dijo Simbad—, pero podría usted aconsejarme, al menos, en qué dirección hacerlo?

—Mire —dijo el otro, aclarándose la voz y llevándose las manos ocupadas a la espalda—, voy a explicarle una cosa: mi función aquí es la de salvavidas. Y como su vida, señor, no corre ningún peligro, yo no debería estar hablando con usted. Eso me distrae de mi trabajo. ¿Sabe cuántas personas podrían estar allá lejos ahogándose, mientras usted me plantea sus inquietudes existenciales?

—No —respondió escuetamente Simbad.

—Pues tampoco voy a satisfacerle esa curiosidad. Usted ya se encuentra a salvo. Permítame entonces socorrer a los demás.

—No entiendo cómo puede ejercer usted su trabajo de salvavidas con una lapicera y un bloc de formularios.

—Con las hojas de este bloc, cuando es necesario —el salvavidas adoptó una actitud docente—, puedo armar barquitos de papel. Usted se sorprendería si conociera la resistencia del papel. A ninguno de mis barquitos les pasará jamás lo del Titanic.

—¿Y la lapicera? —preguntó Simbad.

—Me gusta firmar mis trabajos.

—¿Qué firma? ¿los barquitos?

—No. Mi trabajo no es hacer barquitos, sino rescatar a las personas. Yo estampo mi firma sobre las personas que rescato.

—¿Y eso no induce a confusión? ¿La gente, al ver a una persona firmada por usted, no tiende a pensar que usted es el autor de la persona, y no su salvador?

—Al ser su salvador, soy en cierto modo su autor. Mucha gente me dijo, cuando la salvé, "usted me hizo nacer de nuevo".

—Habría que ver si se lo dijeron en el sentido de que usted fue su segunda madre, o su segundo partero.

—Esos matices legales nunca me preocuparon. Yo adquiero derechos sobre las personas que rescato. Esos derechos quedan garantizados por un documento que yo les hago firmar, con esta lapicera, antes de sacarlos del agua.

—Y qué derechos adquiere.

—Bueno..., a decir verdad, no solamente adquiero derechos, sino que también contraigo obligaciones. Se trata de una transacción bastante conveniente —el salvavidas acercó a Simbad el bloc y la lapicera, e indicando un rincón del formulario de la primera hoja, añadió:— firme aquí, por favor. No se va a arrepentir.

—Pero... cómo voy a firmar —Simbad Geigy retrocedió unos pasos—, si no sé qué dice ese formulario...

—Es simple rutina, no se preocupe —dijo el otro, avanzando sobre Simbad.

—Aun así —se defendió éste—, preferiría no firmar.

—Comprendo. No sabe firmar, ¿verdad? —el salvavidas sonrió compasivamente—. No importa, ponga una cruz. ¿Sabe lo que es una cruz? Si no sabe, cuando anochezca voy a mostrarle una que aparece en el cielo...

—Sé lo que es una cruz —lo interrumpió Simbad—, pero eso no hace al caso: no voy a firmar.

El salvavidas consultó un reloj pulsera a prueba

de agua que tenía alrededor del cuello, a modo de gargantilla. La malla del reloj era elástica, y podía estirarse de manera que el salvavidas, pese a su presbicia incipiente, pudiese distinguir nítidamente el cuadrante.

—Dentro de poco va a anochecer —dictaminó—. ¿Acaso quiere que miles de estrellas sean testigos de su desacato?

—Escuche —dijo Simbad, tratando con la mano de detener el avance del salvavidas—: quizá esta sea una playa privada, y yo no tenga derecho a estar aquí. Si es así, voy a retirarme, y asunto concluido.

—Perfecto —dijo el otro, en tono conciliador—. Si firma aquí, puede retirarse sin impedimentos de ningún tipo.

—Ya le dije que no voy a firmar —Simbad, dando la espalda al salvavidas, siguió alejándose de él. Entonces vio venir, desde el otro lado, a un urso melenudo que vestía únicamente un eslip color de piel de leopardo. Su pecho estaba cruzado diagonalmente por un tatuaje que consistía en una serie de letras, que formaban la palabra "Rafael". Simbad trató de esquivarlo, pero el urso, sin necesidad de desplazarse, ensanchaba su cuerpo en la dirección en que Simbad se corría, obstruyéndole el paso.

—Permítame pasar, Rafael —dijo entonces Simbad, tratando de no dar a sus palabras un tono de súplica.

—Yo no soy Rafael —dijo el urso.

—Rafael soy yo —dijo el salvavidas, que no había perdido pisada a Simbad—. Este chico —agregó, refiriéndose al urso— es uno de los primeros que rescaté del mar. Eso se nota por el estilo de la firma que le estampé. Parece letra de escolar, ¿no cree? Luego mi letra fue evolucionando. Yo me sigo llamando Rafael, pero si ve algunas de mis últimas firmas, más que "Rafael", parece que dijeran "Raquel", o mismo "Raqueti".

—Yo creo, señor —le dijo el urso—, que un día de estos debería usted actualizar la firma de mi tórax. Algunos de mis compañeros de habitación suelen burlarse de mí.

—Dime quiénes —requirió el salvavidas.

—Bueno, el que más se burla es uno que... ah, no me acuerdo cómo se llama, pero la firma que usted le estampó parece que dijera "Rachmaninoff".

—Ah, sí, me parece que ya sé cuál es —el salvavidas, pensativo, se llevó la lapicera al mentón, dibujándose sin querer una rayita—. Debe ser Aspartamus. Habrá que tener una reunión con él.

—Sí, sí —dijo el urso—, pero aparte de eso, ¿me va a actualizar la firma?

Simbad Geigy aprovechó que la atención del urso estaba en otra cosa y, abriéndose paso, huyó a todo trapo. Pero al escalar una duna, vio que a corta distancia se encontraba una densa aglomeración de tatuados, y sin detenerse a ver si eran amigables, torció su rumbo y corrió hacia el mar.

—¡A él, a él! —oyó que gritaba el salvavidas—. ¡Hay que rescatarlo de las aguas!

Simbad hizo acopio de aire y se zambulló en el agua, que el sol poniente teñía de amarillo oscuro.

—¿Qué esperas? ¡Rescátalo! —ordenó el salvavidas a Joaquín, el urso melenudo.

—¡Pero si yo no sé nadar! —dijo éste—. ¡Por eso usted me rescató, maestro!

El enjambre de tatuados, salvando la duna, corrió hacia la orilla, pero se detuvo allí.

—Ah, no, al agua no —dijeron.

—Tenme esto —dijo el salvavidas, entregando a Joaquín la lapicera y el bloc—. Parece que tendré que encargarme personalmente del rescate.

Y se metió en el agua, con la parsimonia de quien conoce su oficio.

—Regresemos a nuestras habitaciones —dijo Joaquín al resto de los tatuados—. No tenemos nada que hacer aquí.

El grupo caminó alejándose de la costa, hasta que fue noche cerrada. Como todavía no llegaban al edificio del albergue donde residían, siguieron caminando. Poco antes de llegar, se operaron ciertos cambios en la bóveda celeste, y fue noche abierta.

—Qué mierda pasa —preguntó Joaquín—. No entiendo nada.

Otro integrante del grupo, que lucía en su tórax un tatuaje con el texto "Rajá", se le acercó y le dijo :

—No tiene importancia, Yaco. Entremos ya al albergue. Es la hora de nuestra revisación médica.

La única mujer del grupo, sobre cuyos voluminosos pechos desnudos podía leerse la inscripción "Marmarajá", dijo:

—Sí. Es verdad.

Todos entraron en un gran salón de la planta baja del edificio, donde había dos largas hileras de camas, todas ocupadas hasta donde se podía ver. El ocupante de una de ellas les salió al paso. Era un hombre vestido con un piyama negro, que contrastaba con el blanco de sus labios.

—¿Qué sucede? —les dijo—. Ya estamos completos.

—Tenemos que ver al doctor —dijo aquél cuyo pecho decía "Rajá"—. ¿Podría llamarlo?

—Rájense. Estamos completos —insistió el otro.

—No vinimos a ocupar las camas —dijo Joaquín—. Nosotros tenemos camas en el pabellón de arriba.

—Sí, en el pabellón de la gente sana —completó la mujer cuyo pecho decía "Marmarajá"—. Nosotros no somos enfermos, como ustedes. Solo venimos a ver al doctor.

—El doctor no está —dijo el ocupante de una de las camas. Era un individuo morocho, gordo, lampiño y con una papada transparente a través de la cual se le veía el cuello.

—Sí, nos dio de alta —dijo una mujer, apareciendo entre las sábanas de la misma cama donde estaba el gordo. Tenía facciones chinas, y enormes ojos saltones que parecían cascarones de huevo de avestruz.

—Y como nos dio de alta, nosotros le dimos de baja —añadió el del piyama negro.

En eso, de otra de las camas se levantó una mujer vestida con un ajustado *tailleur beige*, que casi no se le veía a causa de la gran cantidad de pústulas que, originadas en la piel, habían atravesado la tela y la habían cubierto de pus.

—Yo podría… ayudarlos —dijo, dirigiéndose al grupo de los tatuados—. Tengo algunos conocimientos de medicina, adquiridos bajo la supervisión del doctor San Nicolás Estévez.

—No lo tome a mal —le contestó el tatuado con la palabra "Rajá"—, pero estamos acostumbrados al otro doctor. El, mientras nos revisa, nos hace... ciertos mimitos, ya sabe.

—El doctor, mientras nos ausculta, nos hace el amor— precisó la mujer tatuada con la palabra "Marmarajá".

—Vamos a poner una cosa en claro —dijo el gordo lampiño saliendo de su cama—: ¿ustedes vienen a hacerse una revisación, o vienen a que les hagan el amor?

De una de las camas del fondo se levantó un hombre alto y fornido, que tenía patillas completamente desérticas y llevaba sobre la cabeza una boina común y corriente, aunque desprovista del habitual piripicho del medio.

—Yo los voy a ayudar —dijo, vistiéndose con una campera de raso magenta que colgaba del respaldo de la cama—. Soy chofer de una ambulancia. Voy a llevarlos al consultorio de un médico que vive en un poblado cercano. Y en el camino podemos detenernos en un burdel, para que satisfagan también su apetito amatorio.

—¡Excelente! —dijo Joaquín—. ¿Cuándo partimos?

—Ya mismo —contestó el otro, caminando hacia la puerta—. Pero hay un problema: no sé dónde dejé aparcada la ambulancia, así que... comenzaré llevándolos de a uno. ¿Quién viene primero?

—Yo —dijo la mujer tatuada con la palabra "Marmarajá".

—Muy bien. Andando —dijo él, y ni bien ella montó a caballo sobre sus hombros, salió de la sala y del edificio.

—¿Dónde queda ese poblado al que vamos? —preguntó la mujer, cuando el edificio del albergue ya no era más que una pirámide de Keops en el horizonte.

—A decir verdad... no sé —dijo él—. Ni siquiera recuerdo como llegué a este lugar, así que...

—De todos modos yo gozo de buena salud —la mujer oprimió con sus pantorrillas el cuello del chofer, haciéndolo virar a la izquierda—. No quiero ir al médico. Quiero ir a Marmarajá.

—¡Ajá! —exclamó el chofer—. Pero no sé dónde queda eso. Indíqueme el camino.

—No lo conozco —dijo ella y, descorazonada, aflojó las piernas, circunstancia que él aprovechó para sacarse a la mujer de encima y, dando un giro de ciento ochenta grados, poner las manos sobre sus senos.

—¿No conoces el camino, o no conoces Marmarajá? —le preguntó.

—Ninguno de los dos. La única referencia que tengo es este tatuaje en mi pecho. Si en vez de "Marmarajá", en mi pecho hubieran escrito "Siracusa", yo querría, en este momento, viajar a Siracusa.

—Puedo conducirte allí, si quieres —dijo él.

—Pero tendría que borrar este tatuaje. ¿Crees que el agua de mar lo borre?

—No lo sé —dijo él, y llevó a su boca uno de los pezones de la mujer. Ella, excitada, le buscó con la mano el miembro viril. No lo encontró y, asustada, iba a apartarse, cuando su mano topó con otro miembro,

180

de dimensiones y forma aproximadamente iguales a los de sus expectativas. Satisfecha, se lo llevó a la vagina.

15

Cuando Simbad Geigy había nadado unas ciento cincuenta brazadas (en dirección al horizonte), tuvo al salvavidas ya casi pisándole los talones, pese a que el hombre nadaba con la parsimonia de quien conoce su oficio. Sin embargo, este salvavidas (si es que éste era su oficio) no debía conocerlo muy bien, porque de pronto se puso a gritar :

—¡Auxilio! ¡Socorro! ¡Me ahogo!

Simbad Geigy siguió nadando, temeroso de que los gritos fueran sólo un ardid para atraparlo. Pero al dirigir una rápida mirada a su perseguidor, vio que éste, si bien seguía nadando hacia él a todo trapo, lo hacía cada vez a menor altura con respecto al nivel del mar.

Una segunda mirada reveló a Simbad, que, por fortuna para él, un cardumen de diminutos parásitos había cercado al salvavidas, y se preparaba para marchar sobre él.

—¡Alto, cohorte, cenaremos aquí! —decía quien pareció ser el líder de los parásitos—. ¡Este pelo fue tratado con crema de enjuague Tellapon de algas, el segundo en la lista de nuestros alimentos preferidos!

Simbad siguió nadando hacia el horizonte pero a

ritmo más tranquilo, seguro de que los parásitos darían cuenta de su perseguidor. El mar estaba frío, y si bien el cuerpo de Simbad irradiaba un poco de calor para volver más soportable el agua en la que estaba inmerso, enseguida alguna ola venía a arruinarle el pastel, llevándose el agua tibia y sumiéndolo otra vez en el frío. Estaba ya empezando a desear que apareciera un calamar, para disponer de tinta con la que poder escribir un testamento, cuando divisó, recortada contra el cielo apenas sobre el horizonte, una figura dotada de cierto tipo de movimientos que ningún animal podría haber hecho. Se trataba indudablemente de una embarcación, pero la distancia no permitía discernir si era un paquebote, un transatlántico, una piragua o un trirreme.

Cuando estuvo más cerca, Simbad sintió una especie de cosquilla en el nervio óptico, causada por el mal aspecto de la persona que desde la borda de la embarcación lo miraba. Era un homúnculo con una musculatura proverbial; parecía un levantador de pesas, pero Simbad se preguntó cómo se las arreglaría para levantarlas, ya que no tenía brazos. Su cara era redonda, pero estaba incrustada en una cabeza casi cúbica, de arista notoriamente inferior al diámetro de la cara.

—¿Tiene algún camarote libre? —gritó Simbad—. Estoy cansado de nadar, y si no me da usted albergue voy a fenecer.

—No hay habitaciones disponibles —contestó el homúnculo—, aunque los Gómez creo que van a dejar la suya el miércoles. Si usted nos sigue hasta entonces, quizá... pero tendría que señar la habitación ahora. Si es que su dinero no se mojó. Nosotros trabajamos solamente con dinero seco.

—No puedo nadar hasta el miércoles. Tíreme una cuerda, aunque sea.

—Está bien —el homúnculo, con gran destreza, sacó con los dedos de uno de sus pies un papel que tenía en un bolsillo—. Pero —dijo— para hacerse merecedor de eso tiene que contestar correctamente a la siguiente adivinanza —y leyó el papel—: "¿Cuál es la causa de que, saliendo el sol un promedio de trescientas sesenta y cinco veces por año, esas salidas se distribuyan exactamente a razón de una por día?"

—¡Ah, yo la sabía, yo la sabía! —se desgañitó Simbad—. ¡Estoy seguro de que la sabía, pero ahora no me acuerdo!

—Andá a cagar, entonces —dijo el homúnculo, y la embarcación empezó a alejarse de Simbad a gran velocidad, en dirección contraria al horizonte.

—Ya no da criollos el tiempo —se dijo Simbad Geigy, citando a Yamandú Rodríguez.

—El tiempo quizá no —dijo una voz, cuyo emisor se ocultaba tras unas algas que habían crecido sobre una ola—, pero mis padres dieron unos cuantos. Fíjese que ya somos catorce, y esperan más —la voz citaba aquí la letra de una canción popular de los años sesenta.

—No puedo fijarme en usted ni en sus hermanos, si no se dejan ver —dijo Simbad, ofuscado.

—Es que... mire, o mejor dicho, escuche lo que le voy a decir —la voz pareció conturbarse por efecto de alguna intensa congoja—: yo soy ciego, y desde que quedé así me juré que, mientras yo no pudie-

185

ra volver a ver a nadie, nadie me vería a mí, tampoco.

—Comprendo —dijo Simbad—, pero al menos déjeme ver a sus hermanos.

—No son hermanos sino hermanas. Ellas no tienen problema en que las vean. Es más, ¡qué más quisieran! Pero por desgracia nadie puede verlas, porque son invisibles.

—¿No es al revés? —preguntó Simbad—. ¿No es que son invisibles porque nadie puede verlas?

—No. Creo que no. Hay gente a quien le sucede eso, pero... no es el caso de mis hermanas. ¡Qué injusticia! Dios le da pan a quien no tiene dientes: fíjese usted que habiendo tantas mujeres feas vagando por el mundo a la vista de todos, a mis hermanas, que son preciosas, nadie las puede ver.

—Está bien —dijo Simbad—, pero llámelas, por favor. Quisiera tener una conversación con ellas. Cerrando los ojos, voy a imaginarme que una es Laila Robins, otra Jennifer Conelly, otra Crista Denton, otra Carole Bouquet, otra Margaret Rutherford, otra...

—No siga —lo interrumpió la voz—. Aunque yo llame a mis hermanas, es imposible que usted converse con ellas. Padecen una disfonía crónica.

—¿Todas?

—Sí. Los médicos estudian el caso desde hace años, pero aún no han logrado determinar si es que, como yo le dije, las trece padecen una disfonía, o si debe hablarse más bien de trece disfonías. Yo también me puse a estudiar el tema, y debo decirle que llegué a la conclusión de que la ciencia no sabe bien qué mierda es *una disfonía*. No porque no haya exhaustivos estudios sobre disfonía, sino por falta de conoci-

186

mientos sobre lo que significa *una*. La misma carencia rige a la hora de determinar qué es una molécula, qué es un pájaro, qué es una flor, o qué es una tarta de manzana. Los viejos hindúes y budistas pergeñaron una importante aproximación al tema con el concepto de maya, la contingencia de la diversidad. El siguiente paso fue dado por Boltzmann, en el siglo XIX, pero sucede que nunca se llega a ahondar suficientemente en el problema, porque hay una especie de sentido de la tonalidad en el lenguaje, que hace que cuando un investigador se pone a pensar en un algo, desplace muy pronto su foco de interés hacia el *algo,* olvidándose del *un.*

—Pero ¿y los matemáticos? —preguntó Simbad.

—Los matemáticos se ocupan del *uno,* no del *un.* Bueno, no, en realidad también se ocupan del *un,* pero del *un* solo, no del *un* algo.

—¿Sus hermanas son de la misma opinión que usted? —Simbad trató de desviar la conversación hacia tópicos que le eran más caros, pero no obtuvo respuesta. Intentó acercarse a las algas, y lo hizo bajo el agua, queriendo tomar por sorpresa a su interlocutor. Pero la sorpresa fue suya. Con la cola enredada en una de las algas, se encontraba allí un gran pez de aspecto afable y bonachón, vestido con una gabardina escocesa que le quedaba demasiado grande, cubriendo todas sus aletas. Además, este pez tenía cuello, y lo tenía envuelto con una golilla de la que Simbad no podía determinar si era de tela nacional o importada, ya que desconocía no sólo su procedencia sino la latitud y la longitud del punto en el que se encontraba, y por lo tanto ignoraba qué país tenía jurisdicción sobre esas aguas, al menos mientras estuvieran allí (las aguas). Simbad empezó a discurrir sobre la posibilidad de estar en el mar Báltico, o cerca de Bali o de Libia. Pero su larga permanencia en el agua lo había enfriado, y se puso a estornudar. Estaba, además, desabrigado: alguna ola se había llevado su turbante, o lo que quedaba de lo que fuese que había tenido antes en la cabeza. Al reparar en esta pérdida, Simbad Geigy desató la golilla del cuello del pez, y se la ató en la cabeza (la suya, no la del pez, quien permaneció impasible). Se dio cuenta entonces de que, pese a haber dejado de mover sus manos en el agua de manera de mantenerse a flote, no se había hundido, y casi inmediatamente notó que, donde estaba, hacía pie. Miró, pues, hacia el horizonte para ver si divisaba tierra, pero no, no había tierra a la vista. En las otras direcciones en que miró, el panorama era igualmente desalentador. Sólo que ahora su vida no corría peligro, porque como hacía pie, podía caminar, y no moriría ahogado, ni siquiera aunque se cansara de caminar y cayera, porque el agua apenas le llegaba a los tobillos.

Entonces Simbad Geigy se puso a caminar. Caminó y caminóóóóó y caminóóóóóóó hasta que, sin dejar de ver mar, y sin llegar a ver tierra, vio sin embargo una especie de ciudad, cuyos edificios descansaban sobre pilotes cuya base estaba en el agua. Entonces, atacado a la vez por la emoción y la fatiga, y habiéndose agotado su autoprovisión de adrenalina, se desmayó.

16

—¡Recobró el conocimiento! ¡Recobró el conocimiento! —gritó, saltando y rebotando en los resortes de su colchón un hombre cuyo pecho desnudo dejaba ver un tatuaje en el que podía leerse la palabra Rachmaninoff.

La enfermera se acercó a la cama de su nuevo paciente, el que tenía la cabeza envuelta con una especie de golilla de color morado.

—Vamos, remolón —le dijo—. Deme sus datos personales. Tengo que llenar su ficha.

El paciente miró a la enfermera pero sólo vio un delantal y una cofia. El cuerpo no se podía ver. Sólo se podía sospechar por la forma y los movimientos del delantal. Lo mismo podía decirse de la cabeza, que no era visible pero se infería de la posición y los movimientos de la cofia.

— Mis datos... mis datos —el hombre trató de sentarse en la cama pero no pudo—...sabe que creo que... no recuerdo nada.

— Vamos, esmérese —dijo la enfermera. La voz parecía salir de uno de los ojales del delantal—. Sus recuerdos están almacenados en su cabeza. Nadie se los sacó. Busque bien.

— Estoy amnésico, no puedo recordar nada —dijo él—. No recuerdo si asistí a un jardín de infantes público o privado. No recuerdo el nombre de ninguna de las maestras que tuve en la escuela primaria. No recuerdo cuál fue el regalo que llevé al primer cumpleaños al que fui invitado. No recuerdo la marca del primer dentífrico que me tragué. No recuerdo el color de pelo de la primera mujer con la que hice el amor. No recuerdo qué sueldo percibía en el primer empleo que tuve...

— Piense en su historia más reciente —lo interrumpió la enfermera—. Usted fue rescatado del océano. ¿Qué estaba haciendo allí? ¿Es usted pescador?

—¿Océano? —el paciente logró ahora incorporarse en la cama, y se recostó en su respaldo. Vio que se encontraba en un largo pabellón, y su cama era una de las tantas que había allí, repartidas en dos hileras—. Ah... sí, creo que recuerdo algo. Yo estaba... a bordo de... un barco. ¡Sí, sí! —poseído por una intensa excitación, el paciente se puso a saltar y a rebotar en los elásticos de la cama—, ¡era un barco! ¡era el crucero Yarará!

—¿El crucero Yarará? ¡Ha ha ha ha ha ha! —rió afrancesadamente la enfermera, y el hombre que tenía el pecho tatuado con la palabra Rachmaninoff, dejando su cama, se acercó a reír con ella. Los dos dijeron al unísono :

— ¡El crucero Yarará no es un barco, es un simulador de navegación!

El paciente de la golilla dejó de saltar, aunque la inercia lo elevó por los aires un par de veces más.

—Bueno, entonces... no sé —dijo—. No sé nada, ya se lo dije. Estoy amnésico.

190

—¿No recuerda ni siquiera su nombre? —le preguntó el del tatuaje.

—Cállate, Aspartamus —dijo la enfermera—. Tú no estás calificado para conducir este interrogatorio. En estos casos hay que proceder con cautela. De lo contrario, los recuerdos del paciente pueden mezclarse y ¡zás! producir una biografía apócrifa que él estará para siempre condenado a creer verdadera.

—Yo puedo contestar esa pregunta —dijo el de la golilla—. Mi nombre es Ron Miló, pero ¿de qué sirve eso? No me ayuda a elucidar mi identidad, si eso es lo que usted pretende que yo haga.

La enfermera pareció hacer unas anotaciones en un papel, pero sin que se viera ningún papel ni lápiz o lapicera en sus manos o fuera de ellas.

—Yo no pretendo nada —dijo—, porque ya estoy satisfecha con saber su nombre.

—Si su nombre es Ron Miló —añadió Aspartamus—, entonces su identidad ya está elucidada, amigo. No debería usted sucumbir ante las influencias de esas estériles doctrinas que preconizan el "conócete a ti mismo" y todas esas mierdas. Esa gente que habla de encontrarse a sí mismo ya fue desacreditada y puesta en ridículo en la India hace más de dos mil años. Si usted se llama Ron Miló, su identidad es ésa y punto. No busque más, porque no hay nada más.

—Pero usted parece sufrir problemas de identidad, también —le dijo el de la golilla—. Si no fuera así, no habría necesitado tatuarse su nombre en el pecho.

—Ese no es su nombre —intervino la enfermera. Ahora la voz parecía salir no del ojal, sino de uno de los bolsillos del delantal—. El no se llama Rachmaninoff, sino Aspartamus.

—¿Sí? —Miló salió de la cama y, con una sonrisa de suficiencia, dijo:— pues yo creo que Aspartamus es su nombre y que Rachmaninoff es su apellido, y que la resultante de esto es que tenemos aquí a un hombre llamado Aspartamus Rachmaninoff.

Ni la enfermera ni Aspartamus fueron capaces de efectuar la menor réplica a esa aseveración.

—Los cagué —dijo el de la golilla—. Les di donde más les duele, por lo visto.

—Hace usted mal en salir de su cama, señor Miló —le contestó la enfermera—. Todavía no fue dado de alta.

—No importa, quiero irme de aquí — dijo él.

—Usted no sabe donde está —dijo Aspartamus—. Por lo tanto, no puede irse. Y si lo hace, no va a saber nunca si lo hizo o no. Quizá ya lo hizo, y no se dio cuenta.

—Yo le aconsejo que se vaya de aquí —dijo entonces el ocupante de una de las camas vecinas, dirigiéndose a Ron Miló—. Este hospital no cuenta con personal capacitado. El único que puede hacer algo por nosotros es un curandero que mora en la jungla de Saint—Briñones, no muy lejos de aquí.

Ron miró al paciente. No tenía boca, y sus ojos estaban en el suelo, junto a sus pantuflas. Su nariz se había desarrollado hasta el punto de constituir una réplica casi exacta del Moisés de Miguel Angel, en tamaño natural.

—Usted cállese, escribano Horias —dijo la enfer-

192

mera, y corrió la manta color café que cubría al paciente, hasta ocultar su cara.

—¿Horias? —preguntó Miló—. ¿Este hombre es Horias? ¿Mem Horias? Yo lo conozco.

—Si ya recuerda eso —dijo Aspartamus— quiere decir que se recobró de la amnesia. Recuperó la memoria, señor Miló.

—Ya ve cómo en este hospital sabemos darle a la gente el tratamiento indicado para que sane —dijo la enfermera. y el delantal pareció henchirse de orgullo.

—¿Y yo? —sollozó Horias, sacándose la manta de encima con una de las manos del Moisés—. ¿Cuándo sanaré?

—¡Sana, Horias! —le gritó la enfermera. Casi enseguida se produjo una veloz metamorfosis, y los síntomas de la enfermedad del escribano remitieron. En su cama quedó un apuesto hombre maduro delgado y oblongo, vestido con un traje a cuadros color ámbar separados por rayas negras.

—Pero... pero... —el escribano no encontraba las palabras para expresar su regocijo.

—No necesita decir nada —una manga del delantal de la enfermera acarició su cabello cano—. Permanezca en silencio, disfrutando de su buena salud.

— Sí —dijo él—, pero no lo haré aquí. Creo que esto hay que festejarlo. Voy a tomarme unas vacaciones en los Andes brasileños, con mi esposa. ¿Alguno de ustedes quiere acompañarme? Creo que se lo merecen.

— Yo quisiera ir —dijo Ron Miló.

— No, usted se queda —le dijo la enfermera—. Todavía está débil, perdió mucha sangre.

— Yo sí voy a ir —dijo Aspartamus, y se fue correteando alegremente hacia la puerta, tomado del brazo del escribano.

17

La sede central del banco, como todos los edificios de esa ciudad, descansaba sobre pilotes cuya base estaba en el agua. Ron Miló entró y fue inmediatamente detenido por un portero.

—No puede pasar, señor.

—Vengo del hospital —dijo Ron.

—¿Y?

—Tuve un accidente y perdí mucha sangre. Vengo a reponerla — Ron Miló se arremangó la camisa, mostrando su disposición a dejarse pinchar el brazo.

—Comete un error —le dijo el portero—. Este es el banco de San Gregorio. Usted, si necesita sangre, debe dirigirse al banco de sangre Gorio. En este lugar no encontrará sangre, sino dinero. Y de nada sirve que me diga que ese dinero es una forma cristalizada de la sangre de millones de trabajadores. Usted necesita sangre fresca, no clases de economía política .

—Bien —dijo Miló—. Indíqueme cómo llegar al banco de sangre.

—No sé dónde está —dijo el otro—. Pero si quiere puedo darle la dirección del Centro de Estudios de Economía Política.

—No, gracias —dijo Miló.

Caminó hasta una avenida y se puso a hacer "dedo". Un coche se detuvo a diez metros de él, pero cuando Ron se acercó, el coche arrancó y partió velozmente. La misma jugarreta le hicieron cuatro vehículos más. Además, antes de detenerse, lo salpicaban con el agua sobre la que había sido construida la ciudad.

Cuando un camión se detuvo cerca de él, Ron no quiso acudir, por miedo a sufrir un nuevo desengaño. Pero el chofer le gritó que subiera y él acabó por hacerlo, luego de una cierta reticencia inicial, que fue superada gracias a las tenaces súplicas y promesas del otro.

—Adónde va —le preguntó el camionero, cuando reemprendió la marcha del vehículo.

—Al banco de sangre Gorio —contestó él.

—Eso queda fuera de South-Republic —dijo el otro—, pero está de parabienes. Ahí mismo es donde voy yo.

—¿Al banco de sangre Gorio? —le preguntó Miló.

—No. A South-Republic —fue la respuesta.

—Pero ¿no me dijo que el banco de sangre quedaba fuera de South-Republic?

—Sí. Es verdad —el chofer se rascó la cabeza—. En fin, usted tiene los elementos necesarios para saber qué le conviene hacer. Proceda como le parezca.

—Creo que voy a bajarme —dijo Miló.

El otro detuvo el camión.

—Está bien —dijo—. Pero antes de que se vaya quisiera pedirle un pequeño favor —el chofer sacó de la guantera un bibliorato y, abriéndolo, extrajo de él

196

un papel de formato oficio, mecanografiado—. ¿Sería tan amable de firmar este documento? —dijo—. No se alarme: es solamente una constancia de que usted transitó conmigo este pequeño tramo de avenida.

Ron Miló examinó el documento.

—Sí, creo que no tengo inconveniente en firmar esto —dijo—, pero no entiendo para qué le sirve a usted.

—Soy una persona ordenada. Es todo —contestó el otro—. Me gusta tener todo en regla.

—¿Es usted abogado, o escribano, o algo así?

—No. Cursé algunos estudios de diferentes materias pero no tengo esos títulos.

—Si no es indiscreción —dijo Miló—, quisiera preguntarle qué clase de mercadería transporta usted en la caja del camión.

El chofer extrajo del bibliorato un segundo formulario.

—Satisfaré gustoso su curiosidad —dijo— siempre que usted me firme esta constancia de que yo se la satisfice.

—De acuerdo —contestó Ron Miló.

—Muy bien: en este camión, señor mío, yo no transporto mercadería alguna, sino una serie de carpetas correspondientes a cada uno de los meses de todos los años de mi vida a partir de que tuve uso de razón. Esas carpetas contienen documentos que acreditan no solamente los estudios que cursé, sino todas las actividades que realicé. En otras palabras, lo que transporto en este camión es mi curriculum vitae. Y ahora, si no le molesta, le pido que me firme aquí y aquí —el camionero entregó a Ron una lapicera.

—Es una linda lapicera —dijo él, admirándola—.
¿Dónde la compró?

—Firme, por favor —dijo el otro—. No se va a
arrepentir. Luego le daré esa información y cualquier
otra que usted me pida, siempre que tenga la gentileza
de rubricar los correspondientes recibos.

Miló experimentó súbitamente la necesidad de irse sin estampar su firma en los documentos, y trató de
abrir la portezuela, sin conseguirlo.

—Déjeme ir —pidió—. No tengo ganas de firmar
esto.

—Comprendo. No sabe firmar, ¿verdad? —el camionero sonrió compasivamente—. No importa, ponga una cruz. ¿Sabe lo que es una cruz? Si no sabe,
cuando lleguemos a Jerusalén voy a mostrarle una en
la que según dicen crucificaron a...

—Sé lo que es una cruz —lo interrumpió Ron
Miló—, pero eso no hace al caso : no voy a firmar.

La sonrisa compasiva del otro fue sustituida por
una expresión de colérica ira.

—Jerusalén recibe anualmente la visita de innú-
meros peregrinos —dijo—. ¿Acaso quiere que miles
de fieles sean testigos de su desacato?

—Escuche —dijo Miló, sin cejar en sus esfuerzos
por abrir la portezuela—: quizá yo cometí un error al
anunciar que firmaría esos documentos. Pero usted no
puede retenerme aquí. Eso es privación ilegítima de la
libertad.

—Perfecto —dijo el otro, en tono conciliador, y
arrancó otra hoja de su bibliorato—. Si firma aquí, esa
privación quedará legitimada.

—Ya le dije que no voy a firmar —Miló, poniéndose de espaldas al camionero, empujó la portezuela con sus pies, y logró abrirla. Se apeó de un salto y se puso a correr frenéticamente por la capa de agua de unos cinco centímetros, sobre la que había sido construida la ciudad de... bueno, Ron Miló ignoraba el nombre de esa ciudad.

18

La doctora Sagardúa hacía lo que podía para mantenerse a flote, y esto era más que suficiente para lograrlo, por suerte. Pero llegó un momento en que el *tailleur beige* con que estaba vestida había llegado a absorber tanta agua, que la doctora sintió peligrar su futuro. Decidió desnudarse, entonces, pero antes revisó sus bolsillos, por si encontraba algún objeto de valor. Halló una lapicera.

—Qué raro —se dijo—. No recuerdo haber comprado esta lapicera, ni haberla adquirido de otra forma.

Se desnudó y, conservando la lapicera, se había puesto a pensar en qué cosa podría escribir para pasar el rato, y sobre qué superficie hacerlo (ya que la del agua volvía infructuosas todas sus pruebas), cuando oyó que no muy lejos una voz de mujer gritaba:

—¡Auxilio! ¡Socorro! ¡Me ahogo!

La doctora Sagardúa nadó primero en dirección contraria al origen de los gritos, temerosa de que éstos fueran sólo un ardid para atraparla y comérsela, o violarla o asaltarla. Pero su espíritu altruista la hizo modificar su actitud y someter los fundamentos de la misma a una severa autocrítica. Acercándose a la mujer que gritaba, vio que era sincera, y que realmente estaba luchando por no ahogarse. Y vio también que esta lucha era especialmente meritoria, por cuanto la mujer no sabía nadar. La doctora la asió de un brazo y tuvo que hacer de tripas corazón para no hundirse con ella, porque era una mujer muy pesada, pese a ser esbelta y no obesa.

—Con qué se alimenta usted —le preguntó—, ¿con clavos?

—Clavo de olor, únicamente —contestó la otra.

—¿En lo que concierne a clavos, o en general? —repreguntó la doctora.

—No sé —dijo la otra, titubeante—. En realidad …me siento confusa. No sé muy bien quién soy, ni qué hago aquí. Pero… ¡mire!

La doctora miró hacia donde la otra estaba señalando con la lengua, a falta de otro miembro libre, y vio una especie de embarcación que se les acercaba. Debía tener unos quince metros de calado.

—¡Estamos salvadas! —chilló Sagardúa—. ¡Vienen a rescatarnos!

—¡Sí! ¡Vienen a por nosotras! —dijo la otra.

Pero enseguida las dos mujeres empezaron a inquietarse por el mal aspecto de la persona que desde la borda de la embarcación las miraba. Era un homúnculo dotado de una musculatura peleada con toda palabra que pretendiera describirla; parecía un levantador de pesas (nótese que con esto no se pretende describir su musculatura, sino a él), pero tanto la doctora como la otra náufraga (esta última un poco más, quizá) se preguntaron como se las arreglaría el individuo para levantar esas pesas u otras cualesquiera, ya que no tenía brazos. Su cara parecía un tulipán, pero estaba incrustada en una cabeza con forma de perfecto crisantemo.

—¡Vamos, súbanos a bordo! —le gritó Sagardúa.

—No hay habitaciones disponibles —contestó el homúnculo—, aunque los Moiseau creo que van a dejar la suya el viérnoles. Si nadan tras nosotros hasta entonces, quizá... pero tendrían que señar la habitación ahora. A menos que —el homúnculo, poniéndose en puntas de pie, apoyó sobre la baranda un pene en erección— estén dispuestas a considerar otra forma de pago.

—¿Si nos dejamos, usted nos dejaría subir a bordo ahora?

—¡Sí, por todos los cielos! Siempre y cuando, por supuesto —el homúnculo, con gran destreza, sacó con los dedos de uno de sus pies un papel que tenía enrollado y sujetado con una banda elástica alrededor del pene— respondan ustedes correctamente a la siguiente adivinanza.

—A cuál —preguntó la doctora, y la otra mujer se hizo eco de la pregunta, recobrando enseguida después su forma original.

—Eso es precisamente lo que tienen que adivinar —dijo el homúnculo, y añadió, rectificándose:— lo que tenían que adivinar, mejor dicho. Ahora ya perdieron.

—Subinos a bordo, idiota —le espetó la doctora—. Te damos la cola, si es necesario.

—No será necesario, madam. Pueden meterse allí algún pez que sea de su medida —respondió él, y la embarcación empezó a alejarse de las mujeres a gran velocidad, en dirección paralela al horizonte.

—Qué sorete —dijo Sagardúa.

—No deberías haber ofrecido mi culo sin consultarme —dijo la otra.

—Perdón. Creí que se lo habrías dado sin chistar —se defendió la doctora.

—Cómo se ve que no me conoces. ¿Sabes acaso si asistí a un jardín de infantes público o privado?

—No.

—¿Sabes o recuerdas cuál fue el regalo que llevé al primer cumpleaños al que fui invitada?

—No —volvió a confesar Sagardúa.

—¿Recuerdas la marca del primer dentífrico que me tragué? ¿Sabes qué carrera seguía el primer hombre con el que me negué a hacer el amor?

—No —la doctora hundió un momento en el agua la cabeza de la otra, para hacerla callar y para recordarle quién era la dueña de la situación—, pero nada de eso me interesa. Solamente, a efectos prácticos, por si alguna situación me exige llamarte, quisiera saber cuál es tu nombre.

—Mi nombre es Mercy, y vos sos una puta desgraciada, hija de la concha infecta de una loca de mierda —dijo la otra, cuando Sagardúa le sacó la cabeza del agua.

—Esa es una reflexión un poco apresurada. Creo que deberías meditarla un poco— la doctora volvió a hundirle la cabeza, hasta que la sofocó. Para rematarla, le clavó la lapicera en la garganta. Luego soltó el cadáver, que cayó al fondo del mar. Este fondo estaba mucho más cerca de la superficie de lo que la doctora Sagardúa había creído.

De pronto una voz de mujer que cantaba pareció

venir de detrás de unas algas que crecían sobre una ola.

—Yo no hago estas cosas, por lo general —se disculpó la doctora, temiendo que hubiera allí algún testigo de su acción—, pero ahora estoy viviendo un estado de excepción. Lo que hice es análogo a la momentánea ruptura de las reglas del discurso que en poesía se llama "licencia poética". Yo lo apliqué al discurso de la vida, simplemente.

De las algas emergió una figura femenina, sobre cuyos voluminosos pechos podía leerse la inscripción "Siracusa".

—¿Qué opina? ¿Me justifica? —insistió la doctora.

—Oh, sí, desde luego —dijo la otra—. Sólo que... deberá acompañarme usted a una... clínica que tenemos por aquí.

—¿Una...clínica?

— Sí, señora —la mujer habló como si esa pregunta hubiera cuestionado sus anteriores palabras—. Es una verdadera... clínica, atendida por personal competente.

—Pero... yo no estoy enferma —dijo la doctora.

—No se preocupe; eso en modo alguno la inhabilita para ingresar —la otra emitió una risita nerviosa—. Nuestra... clínica se ocupa de medicina preventiva.

—Yo sé cómo cuidarme: soy doctora.

—Entonces conoce mejor que nadie la importancia de la medicina preventiva.

—Sí, pero me prescribo yo misma mis prevenciones.

—¿Sí? ¿Contra qué se previene, por ejemplo?

—¿Pretende poner a prueba mis conocimientos? —la doctora pareció herida en su dignidad—. Mire que yo estudié bajo la supervisión del doctor San Nicolás Estévez.

—San Nicolás Estévez no es un doctor —contestó la otra y de sus pezones, como garras retráctiles, salieron dos espingardas—: es un muñeco con el que los estudiantes de medicina de Saint-Briñones juegan durante los recreos que siguen a sus clases de anatomía.

—En Saint-Briñones no hay facultad de medicina —replicó la doctora—. Saint-Briñones es una jungla habitada por cazadores primitivos.

La otra sacó de entre sus abultados senos un transmisor de radio y, acercándoselo a la boca, dijo:

—Atención, central. Preparen las pústulas. Voy con una paciente categoría ge.

Desde otras algas que crecían sobre otras olas y, en algunos casos, sobre la misma, surgieron numerosos hombres y mujeres, todos con alguna inscripción en el pecho, como "Mar de Ajó", "Shostakovich", "Acapulco", "Kabalevsky", "Viña del Mar" y "Yehudi Menuhin".

19

Ron Miló, cansado de correr, se metió en una librería. Para no despertar suspicacias en el librero se puso a hojear unos volúmenes, fingiendo interesarse por ellos.

—Señor —le dijo el librero—, tiene usted los pies mojados.

—Sí —se defendió Ron—, es que ahí afuera hay agua por todas partes.

—Es verdad —dijo el otro—. Yo no sé cuándo se van a terminar esas lluvias.

En eso entró una mujer y el librero le preguntó qué deseaba.

—Nada —dijo ella.

—Comprendo —le contestó el, y señalando una estantería que se hallaba en un recodo del local, agregó: —los libros sobre zen están por allí.

La mujer se desplazó un poco en esa dirección, pero enseguida cambió de rumbo y se puso a mirar los lomos de los libros de otra estantería.

Otro hombre, munido de un portafolios, ingresó al local.

—Perdone, señor —le dijo el librero, haciéndole señas como para que se detuviera—, pero para una mejor atención al público, he decidido no admitir a más de dos clientes a la vez en el local.

—Está bien. Volveré después —dijo el otro con una cierta expresión de despecho en su tono de voz.

—Con mucho gusto —le contestó el librero con tono irónico, aunque eso le salió sin querer; no había tenido la intención de hablar así.

—¿Cuál es el precio de este libro? —le preguntó Ron Miló, refiriéndose al volumen que había estado hojeando.

—Bueno...—el librero se rascó la barbilla con una de las articulaciones del dedo medio de su mano derecha—, sucede que ese libro no tiene precio. Ningún libro, en rigor, tiene realmente precio. El precio lo tiene cada ejemplar del libro. Pero el que usted tiene en sus manos es el único ejemplar de ese libro, por lo que podría decirse que no es un ejemplar, sino que es el propio libro. Sin embargo, si usted tiene real interés en comprarlo, podríamos llegar a un acuerdo.

—¿Un acuerdo por escrito, dice usted? —le preguntó Miló.

—No, no. Un simple acuerdo verbal —el librero se acercó a su escritorio y sacó de un cajón un pequeño grabador de bolsillo.

—Mire —dijo Miló, dejando el libro en el estante de donde lo había sacado—, creo que mejor vengo otro día. Quisiera tener tiempo de consultar a un abogado.

—Si me permite —le dijo, acercándosele, la mujer que había entrado a la librería—, yo soy abogada.

Tenía una cartera y extrajo de ella una tarjeta que entregó a Miló.

—¿Y? —le preguntó éste, aceptando la tarjeta.

—Le ofrezco mis servicios —dijo ella.

—Bueno —titubeó Miló—, no sé, tendría que consultar primero con algún... escribano.

—Yo soy escribano, justamente —dijo el librero—. Casi no ejerzo, porque en esta ciudad todo el mundo se tiene mucha confianza. Por eso tuve que rebuscarme con esta librería. Pero si usted requiere mi asistencia profesional, estaré encantado de proporcionársela.

—Bueno, sucede que —Miló se acercó a la puerta—... no estoy seguro de que mis cuentas me permitan acceder a sus honorarios. Tendría que consultar a mi contador.

—Tenga, llámelo y consúltelo —dijo el librero ofreciendo a Miló un teléfono celular que sacó de un bolsillo.

—No, no, muchas gracias —se excusó Miló—. El vive muy cerca de aquí. Sería mejor que fuera a visitarlo personalmente.

—¡El señor es cliente del contador Madariaga! exclamó la mujer—. Madariaga es el único contador que vive por aquí.

—Si es cliente del contador Madariaga, entonces puede llevarse la librería entera, si quiere —dijo el librero, y se apresuró a añadir:— no gratuitamente, por supuesto. Habría que fijar un precio... simbólico, diría yo. Y tendría que declarar sus bienes inmuebles como garantía, si no paga al contado. ¿Está de acuerdo?

—Sí... sí, plenamente —dijo Miló—. Sólo que por el momento no estoy interesado en hacer... esa compra.

—Es una buena librería —dijo la mujer—. Es la mejor librería de San Gregorio. Yo siempre vengo acá, a comprar. Y si además de libros vendieran artículos sanitarios, yo, cuando necesitara artículos sanitarios, vendría a comprarlos acá.

Las últimas palabras de la mujer fueron sofocadas por el ruidaje de un camión que se estaba metiendo en el interior de la librería. Los anaqueles empezaron a sacudirse y algunos libros se cayeron. El librero se enfureció y se acercó a la cabina del camión para protestar, pero fue embestido por el vehículo, cuyo chofer, según pudieron ver Ron Miló y la mujer, era ese hombre que, munido de un portafolios, había estado en la librería minutos antes. El individuo arremetió contra las estanterías y mesas con libros, profiriendo estentóreos alaridos de placer. Ron Miló divisó una puerta en el fondo de la librería y, tomando a la mujer de la mano, la arrastró hasta allí. Daba a una escalera que conducía a un sótano.

—¿Estaremos seguros acá, señor... —empezó a preguntar la mujer, luego de cerrar la puerta.

—Geigy —dijo él—. Simbad Geigy. No tenía ganas de estar diciendo siempre como un boludo "Ron Miló, Ron Miló" cada vez que alguien le preguntara cómo se llamaba.

—Ese nombre me es familiar —dijo ella—. ¿No estuvo usted nunca a bordo de un avión llamado "Brisas del Arapey"? Yo confeccionaba las listas de pasajeros.

—Bueno... —dijo él, y se tomó unos instantes para ordenar los pensamientos que a continuación expresó:—, en primer lugar, yo, cuando viajo en avión, no me fijo en el nombre del avión, sino en el número del vuelo. En segundo lugar, el "Brisas del Arapey", por lo que sé, no es un avión, sino un juego de computadora. Finalmente debo decirle que Simbad Geigy no es mi nombre, sino mi apellido.

—Eso no es verdad —dijo entonces, desde alguna parte del sótano, una tercera voz. La deficiente iluminación del lugar impidió a Simbad y a la mujer ver a la persona que había hablado. Pero esta persona dio un brinco que permitió localizar a los otros su figura. Era un hombre de estatura mediana, cuya cabeza estaba impecablemente calzada en un turbante de color violáceo.

—¿Qué cosa no es verdad? —preguntó la mujer.

—Que el apellido de este hombre sea Simbad Geigy —dijo él—. Simbad Geigy soy yo. Pero él, además de no ser Simbad Geigy, es Ron Miló. Y me molesta que esté tratando de hacerse pasar por mí. Aunque dudo que alguien le crea esa patraña, porque ese trapo morado que tiene en la cabeza no pasa de ser una caricatura ridícula del turbante que yo porto y que me caracteriza ante quienes me conocen.

—Me importa tres carajos si su apellido es Simbad Geigy o Ron Miló, o si soy Simbad Miló o Ginger Rogers —dijo entonces Ron, y abriendo la puerta, salió del sótano y subió por la escalera. El camión ya no estaba allí. Es más: tampoco estaba la librería. Y no porque hubiese sido destruida, ya que el lugar, más que una edificación demolida, parecía un sitio en construcción. Había montadas unas estructuras de andamios y montículos de arena y de cemento portland. Una muchacha ataviada con un uniforme en el que se leía "Empresas Constructoras Arias Gorchetti", con una pala, sacaba materia de uno de los montículos para engrosar otro.

—Señorita, ¿puede decirme en qué lugar estoy? —le preguntó él, y mirando hacia la calle vio que ya no había agua en la calzada ni en la vereda—. Estoy muerto de sed —dijo.

—Disculpe —le contestó ella—, pero no veo qué relación puede haber entre que usted tenga sed y que quiera saber en que lugar está.

—¿Yo dije que hubiera alguna relación? —Ron se acercó a la muchacha, la tomó por las solapas del mameluco, levantándola en el aire, y en voz más alta repitió: —¿YO DIJE QUE HUBIERA ALGUNA RELACIÓN?

—No... no —dijo ella, tratando infructuosamente de soltarse—, pero es algo que se desprende por la forma en que usted concatenó las dos frases.

—¿Cómo las concatené? —dijo él, y luego de mirar a la muchacha fijamente a los ojos durante unos segundos sin obtener de ella respuesta alguna a su pregunta, le mordió la frente, aunque con cuidado de no lastimarla, y enseguida repitió, en tono más autoritario: —¿CÓMO LOS CONCATENÉ?

—Sin nada entre medio —dijo ella.

—Ah —dijo él, y soltando a la muchacha, tomó un puñado de arena y se lo puso en la boca. Enseguida escupió la arena y, profiriendo blasfemias, salió a la calle. Ya no se veían los pilotes que sostenían los edificios. Ron Miló entró a una farmacia y pidió un analgésico para el dolor de cabeza.

—¿Siente dolor? Venga, pase por acá —le dijo,

212

descorriendo una cortina que daba a la trastienda, el farmacéutico. En otro tiempo había sido probablemente un hombre morocho, gordo, lampiño y con una papada que debía eclipsarle el nudo de la corbata, pero ahora era rubio y esbelto y tenía pómulos salientes y una tupida barba color café.

—No, no siento dolor —dijo Ron—. Es que el nombre del analgésico que usted me dé puede servirme como pista para determinar en qué ciudad o en qué país me encuentro. Es más, hasta puede que en el envase haya alguna inscripción que diga "industria congolesa", o "made in carajo", o lo que mongo sea. Y no me pregunte por qué razón no le pregunto a usted en que país estoy, por favor. Estoy cansado de que la gente me responda con evasivas.

—El que parece estarse evadiendo es usted —dijo el farmacéutico—. Perdóneme que le diga esto, pero usted me da la impresión de presentar un perfil paranoide. Y no creo que eso lo solucione con un simple analgésico para el dolor de cabeza. Venga, venga conmigo —el hombre terminó de descorrer la cortina.

— No, gracias. Tráigame por favor ese analgésico, o cualquier otro producto manufacturado aquí.

—Le estoy pidiendo que me acompañe por este lado —el farmacéutico señaló la trastienda—. No entiendo su reticencia a seguirme. ¿A qué le teme, amigo? ¿Se siente perseguido por algo o por alguien?

—Escuche, voy a decirle la verdad —Ron Miló se puso una mano sobre el corazón—: no necesito ningún analgésico. Estoy muerto de sed, y lo que quiero es un vaso de agua. Le pedí el analgésico sólo para poder pedirle luego un vaso de agua, sin que usted me tomara por un pedigüeño. No me interesa en verdad la marca de los analgésicos, ni saber en qué país se fabrican. No me interesa tampoco saber en qué país estoy, si en Belgoña o en Bulghana.

—¿Y si tuviera que elegir uno de esos dos países? —el farmacéutico apuntó a la nariz de Ron con la punta de un dedo índice.

—Elegir para qué, ¿para ir, o para considerar que estoy allí?

—Elegir, elegir, libremente, sin importar para qué.

—Pues... creo que elegiría Bulghana.

—Buena elección —dijo el farmacéutico, y poniendo un pie en la trastienda, agregó:— sígame. Bulghana puede estar más cerca de lo que usted cree.

—Yo dije que *elegiría* Bulghana —dijo Ron Miló—, pero de hecho no la elegí.

—¿No? Pues decídase —el farmacéutico puso la mitad del otro pie en la trastienda—. Tiene un minuto para hacerlo. Si no toma una decisión, quedará irremediablemente confinado en Belgoña.

—¿Quiere decir que ahora me encuentro en ese país? ¿Estamos en Belgoña?

—Bueno, es que... —el farmacéutico sacó de la trastienda la cuarta parte de cada uno de sus pies— mi opinión sobre eso corre el riesgo de no ser muy calificada. Sobre medicamentos y sus posologías puede preguntarme lo que quiera. Pero sobre ese particular... yo le recomendaría que cruzara la calle. Enfrente hay una oficina del Ministerio de Turismo.

—Sin embargo usted me dijo que Bulghana estaba más cerca de lo que yo pensaba.

—Sí, reconozco estar bastante mejor informado sobre Bulghana que sobre... ¿cómo era ese otro país que usted mencionó?

Un hombre entró a la farmacia en ese momento. Era oblongo y delgado, y vestía un traje a cuadros negros separados por rayas de color ámbar.

—¡Pronto, pronto, deme este medicamento! —dijo, casi sin aliento, y entregó una receta al farmacéutico. Este se metió de lleno en la trastienda, y corrió la cortina que separaba a ésta de la tienda.

—¡Arafátima! —gritó, y enseguida oyó un ruido de cisterna que se descarga. Del cuarto de baño que había en la trastienda salió una mujer de facciones orientales, con enormes ojos saltones que parecían estar listos para saltar.

—¿Sí? —dijo, acomodándose la ropa.

—Mira si hay existencias de este producto —el famacéutico le dio la receta, y ella salió con el papel por una puerta que había al fondo de la trastienda. Por ahí salió a la calle, caminó hasta la esquina, viró a la izquierda, caminó una cuadra, volvió a virar a la izquierda, caminó media cuadra más y se metió en un establecimiento que ostentaba en su fachada un cartel con la palabra FARMACIA. Había allí dos hombres esperando ser atendidos. Uno de ellos llevaba atada a la cabeza una especie de vieja golilla desteñida. El otro vestía un traje a cuadros de cierto color, separados por rayas de otro.

—Espero que tengan el medicamento que pedí —estaba diciendo este hombre al otro—. El doctor me dijo que es el único tratamiento eficaz contra el mal que contrajo mi mujer. ¡Maldita la hora en que se me ocurrió llevarla a los Andes brasileños!

20

Un portazo despertó a la empleada de la Oficina de Turismo, que había estado dormitando con la cabeza sobre el mostrador. Tenía frente a ella un hombre vestido únicamente con una malla de baño azul. Atrás, como un grupo de niños escolares que siguen a su maestra, había un enjambre de hombres y mujeres de toda edad, cuya característica común era la de tener el pecho descubierto y tatuado (pero no con dibujos, sino con palabras).

—A ver cómo nos puede ayudar, señorita —estaba diciendo el hombre de la malla—. He decidido sacar a mis chicos a pasear, para que tengan un poco de mundo. ¿Qué itinerario nos recomendaría usted?

—Bueno —la muchacha se desperezó con amplitud, y se sacó una lagañita de un ojo—. Sucede que... en las excursiones que yo coordino desde esta oficina ya... no quedan vacantes.

—¿Y a qué oficina nos aconseja usted acudir, entonces?

—Yo creo —la muchacha manoteó un globo terráqueo que había sobre el mostrador y le imprimió un giro de trescientos sesenta grados— que, si disponen ustedes de alguna oficina propia, lo mejor es que per-

217

manezcan todo el tiempo que puedan allí. Yo me comprometo, en todo caso, a visitarlos de tanto en tanto, e informarlos de las principales novedades.

—Uno de los hombres de la *troupe* de atrás, que tenía tatuada en el pecho la palabra "Rajá", acercándose, dijo:

—Tendríamos cierto interés en hablar con el gerente. ¿Usted podría llamarlo?

—Podría —dijo la muchacha—, pero será en vano. El, si acudiera, cosa que dudo, les diría lo mismo que yo: no nos quedan asientos libres.

—Nosotros no pedimos asientos —dijo otro de los tatuados, que por toda vestidura tenía un eslip color piel de leopardo—. En nuestra sede, ¡puf!, tenemos asientos de sobra.

—Sí, en el pabellón de la gente sana —completó una mujer cuyo pecho decía "Marmarajá"—. Y en el de los enfermos, aparte de las camas, hay unas sillas, también.

—No tendríamos inconveniente en traerlas —agregó uno cuyo pecho lucía unos puntos suspensivos, seguidos de una palabreja insignificante.

—Bueno, pero el gerente no está —dijo la muchacha, algo nerviosa.

—¿Y dónde está? —inquirió autoritariamente el de la malla azul, secundado por una mujer en cuyo pecho estaba impreso el nombre "Afanasiev".

—Bueno, él... — la muchacha se aclaró la voz, adoptó un semblante circunspecto y dijo:— ...falleció esta mañana.

—¿Y no hay posibilidades de resurrección? —preguntó el de los puntos suspensivos.

—Ya no —dijo un hombre apareciendo por una puerta corrediza desde el fondo del local.

— ¡Señor gerente! —exclamó la muchacha, que se había vuelto para mirar, y no podía dar crédito a sus ojos.

—Se equivoca, Miss Sims —dijo él, y se acercó al mostrador. Todos pudieron ver que estaba envuelto en una mortaja—. No soy el gerente, sino su cadáver. Pero estoy capacitado para afrontar esta situación, así que si quiere puede retornar a su domicilio. Yo me encargaré de dar a estos señores la atención que se merecen.

—Usted estará capacitado para frontar esta situación —le dijo el hombre de la malla azul—, pero ¿se preguntó si está autorizado para hacerlo? Yo no sé si los cadáveres heredan las atribuciones de las personas que los generan. Mas bien pienso que no.

—Yo tengo en mi memoria todos los conocimientos del que fuera gerente de esta oficina —replicó el de la mortaja.

—Sí —intervino la mujer cuyo pecho decía "Marmarajá"—, pero ¿tiene también registro de sus valores morales? Y en caso afirmativo, ¿los tiene en modo activo, o sólo como recuerdo, sin que influyan a la hora de tomar decisiones?

—Escuchen todos —dijo Miss Sims—; creo que el señor gerente acaba de pasar por un trance bastante difícil y necesita un poco de tranquilidad en esta oficina para poner en orden sus asuntos. Sugiero que ustedes me dejen sus nombres, direcciones y teléfonos, y yo, cuando tenga listas las reservaciones para el viaje, se los comunicaré.

—Eso suena muy bien —contestó el del eslip color piel de leopardo—, pero sucede que ese señor no es gerente de nada. Es sólo un cadáver que en pocas horas empezará a exudar nauseabundos olores.

—Sí —dijo el tatuado con la palabra "Rajá"—. Además usted nos está hablando de un viaje al que hace unos momentos nos negó todo acceso.

—Todo se arreglará, y nadie se quedará sin su boleto —dijo el de la mortaja—. Sean ustedes comprensivos y obedezcan a la señorita Sims.

—Soy señora —dijo Miss Sims.

—¿Ve? No podemos confiar en usted —dijo al de la mortaja la del tatuaje con la palabra "Afanasiev"—. No sabe nada. Debe ser un impostor.

—No, no —se apresuró a aclarar Miss Sims—. No es así : recuerdo que el gerente siempre se equivocaba y me llamaba "señorita", olvidando que "Miss" es mi nombre de pila.

—¿Cree usted que este hombre es confiable? —le preguntó un hombre tatuado con una preposición.

—Espere —le dijo el de la malla azul—. Ese cadáver podrá ser muy confiable, pero yo... no sé si confiar en Miss Sims. No sé si hará las reservaciones que dice, cuando antes afirmó que las listas de pasajeros estaban completas.

—Me parece que usted debe ser un forastero —opinó el de la mortaja—. Aquí, en San Gregorio, no se estila desconfiar.

—Está bien —el de la malla azul levantó un brazo en cuya mano sostenía una lapicera y un bloc de formularios, y preguntó a su *troupe*:— ¿nos la jugamos, muchachos?

Un grito unánime de "sí" resonó por todo el local.

—Un momento —dijo entonces un hombre cuyo tatuaje representaba un adjetivo posesivo—. Yo quisiera saber, ya que van a hacer una reservación a mi nombre, para qué viaje va a ser esa reservación.

—Eso es irrelevante —dijo el de la mortaja—. Así como en una competencia lo importante no es ganar sino competir, en un viaje lo importante no es llegar, sino viajar. Y si no importa llegar, menos todavía importa *dónde* hacerlo.

—Sí —persistió el otro—, pero yo, si fuera posible, tendría cierta preferencia por ir a Saint-Briñones.

—¡Saint-Briñones! —aulló Miss Sims—. ¡Saint-Briñones! ¿Por qué a todo el mundo hoy se le antoja ir a Saint-Briñones? ¿Qué mierda hay en Saint-Briñones?

—No todo el mundo quiere ir a Saint-Briñones —protestó el del tatuaje con la preposición—. Yo, por ejemplo, preferiría ir a ver la desembocadura del Brahmaputra.

—Y yo quiero a toda costa visitar Muzaffargah y Srinagar —dijo una mujer en cuyo pecho podía leerse la palabra "teta".

—Y yo quiero Panlongcheng —dijo el del eslip.

—Sí, y yo quiero ir a la loma del orto —dijo Miss Sims—, pero no se trata de hacer lo que uno quiera. Hay que tener en cuenta las limitaciones que nos impone la realidad. Yo, por ejemplo, no puedo ir a ninguna parte porque tengo que quedarme acá, trabajando. Además hay peligros que no sé si ustedes toman en consideración. Saint-Briñones, pongamos por caso, es un ecosistema muy cerrado.

—No es verdad —replicó el de la malla azul—. Yo estuve allí, y doy fe de que no es así.

—Pero usted ahora está aquí —le contestó el de la mortaja—, y eso confirma lo dicho por la señora. Saint-Briñones es un ecosistema cerrado y por lo tanto todo el que va ahí, irremediablemente regresa.

—Bueno, pero eso es lo que nosotros queremos —dijo la del tatuaje con el nombre "Afanasiev"—: ir, y después volver.

—Si eso es lo que quieren, no necesitan ir tan lejos —dijo Sims—. Hay una placita en la otra cuadra. Vayan, y luego vuelvan aquí. Nosotros los esperamos.

—Yo los acompaño con todo gusto —anunció el de la mortaja—. Antes de ser nombrado gerente de esta oficina, fui cicerone.

—La cosa no es tan simple —insistió el de la malla azul —. Saint-Briñones tiene algunas ventajas que esa placita no sé si tiene. Yo, cuando fui a Saint-Briñones, tuve ocasión de que unos moradores del lugar me hicieran ciertos... mimitos, ya sabe.

—A él, cuando fue a Saint-Briñones, se lo cojieron —precisó la mujer tatuada con la palabra "Marmarajá".

—Vamos a poner una cosa en claro —Miss Sims se puso de pie y preguntó en tono acusador— ¿ustedes quieren viajar o quieren cojer?

—Yo sé de un burdel mixto, en las afueras de la ciudad —aseguró el de la mortaja—. Puedo conducirlos allí. Y en el camino podemos detenernos en un parque, para que satisfagan también su apetito de árboles y pájaros.

222

—¡Excelente! —dijo el del eslip—. ¿Cuándo partimos?

—Ya mismo —contestó el otro, caminando hacia la puerta—. Pero hay un problema: el vehículo con que contamos tiene capacidad para un solo pasajero, así que... ¿quién viene?

—Yo —dijo la mujer tatuada con la palabra "teta".

—Muy bien. Andando —dijo él, y se palmeó los hombros para indicar que el vehículo del que hablaba era su propio cuerpo. Ella lo montó a caballo, y la dupla salió a la calle.

—¿Dónde queda ese burdel al que vamos? —preguntó la mujer, cuando la oficina de turismo ya no era más que una de las casas de la otra cuadra.

—A decir verdad... no sé —dijo él—. Sé que está fuera de la ciudad, pero... hay tantos lugares posibles, tantas nebulosas.

—De todos modos, para tener sexo, no necesito ir allí —la mujer oprimió con sus pantorrillas el cuello del cadáver—. No quiero ir al burdel. Quiero hacerlo con usted.

—Hacer conmigo qué —inquirió él.

—Nada —dijo ella. ofuscándose. Enseguida desmontó y echó a correr en soledad, por calles que se cruzaban una vez y más adelante volvían a cruzarse. El hombre de la mortaja la persiguió, y si bien ella en una primera instancia logró sacarle unos cuarenta o cincuenta metros de ventaja, al rato empezó a acortar bastante la distancia. Finalmente ella pudo librarse de él subiendo a un ómnibus. Transportaba pocos pasajeros, y ella tomó asiento junto a un hombre extraordinariamente parecido al Moisés de Miguel Angel.

—¿Le molesta si fumo? —le preguntó enseguida él, aunque no mostró ningún cigarrillo, cigarro, pipa ni otros objetos fumables.

—No, no —dijo ella—, aunque por lo que sé, está prohibido hacerlo aquí.

—¿Le molesta la prohibición? —le preguntó él.

—No, en absoluto. Yo no fumo.

—¿Le molesta que le haga estas preguntas?

—No —dijo ella categóricamente—. Y disculpe si no le presto la debida atención, pero es que estoy preocupada por otra cosa.

El hombre se inclinó sobre su pecho y empezó a chuparle un pezón, interrumpiéndose enseguida para preguntarle :

—¿Le molesta?

—No, no. Siga —contestó ella.

—¿Le molesta si no lo hago? —dijo él —. Es que en este momento quisiera fumar un cigarrillo.

—Hágalo. Por mí está bien —dijo ella.

—¿Le molesta si es un cigarrillo de marihuana?

—No, no me molesta.

El conductor, que había puesto el chofer automático, se acercó en ese momento a la mujer y le dijo :

—La voy a molestar, señorita, pero no pagó usted su boleto.

—No es ninguna molestia —dijo ella—. ¿Cuánto es?

—¿Le molesta si yo me hago cargo de su pasaje? —intervino el Moisés, entregando dinero al conductor.

—Y ahora, señorita —dijo éste, tomando el dinero—, le agradezco si se puede molestar hacia el fondo. Este sector está reservado a los caballeros. Los asientos para las damas están en el sector trasero, desde la fila quince.

—Pero este ómnibus tiene veinticuatro filas —protestó ella —.¿Quiere decir que hay más asientos para caballeros que para damas? ¡Eso es inaudito! Y más en un país donde son más numerosas las mujeres que los hombres.

—Pero está prevista la incidencia del factor caballerosidad —explicó el chofer—, que determina que un importante porcentaje de los hombres ceda su asiento a la mujer que está de pie. Sin embargo, el asiento en el que usted se encuentra no fue antes ocupado por ningún hombre, y por lo tanto ningún hombre se lo cedió. El corolario de esto es que usted levante inmediatamente su sucio culo de ese asiento y vaya a depositarlo por allá, donde corresponde.

El chofer acompañó sus palabras arrancando a la mujer del asiento y empujándola con gran fuerza hacia el fondo del vehículo. Entonces éste se detuvo y el chofer automático anunció:

—¡Destinooooo!

El ómnibus había estacionado frente a uno de los accesos del salón de embarque de un aeropuerto. Los pasajeros descendieron en masa, por puertas y ventanas, y fluyeron hacia el acceso. El que tenía aspecto de Moisés dio un rodeo al edificio, en busca de un lavatorio.

Abrió una puerta y empezó a subir por lo que parecía ser una escalera de servicio. Pero no desembocaba en ningún lavatorio, sino en una habitación circular y muy amplia, con enormes ventanales a través de los que se tenía una magnífica panorámica de la región, con sus bañados, sus esteros, estepas, altiplanos, ciudades y minas de hierro y carbón. Debajo de los ventanales había larguísimos paneles con botones, perillas, pantallas y luces que se encendían y se apagaban, y otras que permanecían apagadas o encendidas, para luego encenderse, apagarse o permanecer en el estado en que se encontraban. Por un pequeño parlante, el Moisés oyó una diminuta voz que sonaba entre eufórica y desesperada :

—¡Aló, aló, atención, responda, torre "La Niña", aquí comandante Alighieri, solicitando permiso para aterrizar!

El Moisés recorrió excitado los paneles de punta a punta y, descubriendo un voluminoso micrófono colgado en una horquilla desvencijada que parecía a punto de quebrarse, se lo llevó a la boca y dijo:

—Sí, comandante, aquí torre "La Niña"; lo escuchamos; utilice la pista número diez.

Impreso y encuadernado en GRAFICA GUADALUPE
Av. San Martín 3773 (1847) Rafael Calzada
en el mes de marzo de 1995.